在時間的長廊中
鍾喬詩選

In the Gallery of Time: Selected Poems

鍾喬 著
Chung Chiao

國家圖書館出版品預行編目資料

在時間的長廊中──鍾喬詩選 = In the Gallery of Time: Selected Poems / 鍾喬著. -- 一版. -- 臺北市：書林出版有限公司, 2024.10
面； 公分. --（書林詩集；60）

ISBN 978-626-7193-88-4（平裝）

863.51　　　　　　　　　　　113013405

書林詩集 ❻
在時間的長廊中──鍾喬詩選
In the Gallery of Time: Selected Poems

作　　　者	鍾喬
編　　　輯	張雅雯
出　版　者	書林出版有限公司
	100臺北市羅斯福路四段60號3樓
	Tel (02) 2368-4938．2365-8617 Fax (02) 2368-8929．2363-6630
臺北書林書店	106臺北市新生南路三段88號2樓之5 Tel (02) 2365-8617
學校業務部	Tel (02) 2368-7226．(04) 2376-3799．(07) 229-0300
經銷業務部	Tel (02) 2368-4938
發　行　人	蘇正隆
郵　　　撥	15743873．書林出版有限公司
網　　　址	http://www.bookman.com.tw
經　銷　代　理	紅螞蟻圖書有限公司
	臺北市內湖區舊宗路二段121巷19號
	Tel (02) 2795-3656（代表號）Fax (02) 2795-4100
登　記　證	局版台業字第一八三一號
出版日期	2024年10月一版初刷
定　　　價	250元
Ｉ　Ｓ　Ｂ　Ｎ	978-626-7193-88-4

本書由臺北市政府文化局贊助出版。

台北市文化局
Department of Cultural Affairs
Taipei City Government

欲利用本書全部或部分內容者，須徵得書林出版有限公司同意或書面授權。
請洽書林出版部，Tel (02) 2368-4938。

目次

v　序文　為了遺忘的記憶

輯一　一切，皆在時間中

2　一切，皆在時間中
4　詩人　早安
6　Al-salam 和平
10　我記憶中的將軍
12　甚麼樣的身體
14　詩人在家嗎？
16　一個劇作家
19　阿萊莎　一個劇中人物
21　相遇，時間裡靜止的聲音
23　一個劇本完成的過程中
25　孩子
27　尋找范天寒
29　落語開成
31　土地的裂痕
33　北風
35　變身的哪吒

輯二　世界的街角

- 38　世界的街角
- 40　燃燒的樹
- 41　刻　魂
- 43　紅傘下
- 46　早晨醒來
- 47　記起那風大的海邊
- 49　高速道路，飛過…
- 51　清晨醒來，在中山堂誦詩的週末隔夜
- 53　廢墟中的提琴聲
- 55　這世界，亮起的一盞燈
- 57　記憶，一直在燃燒
- 59　躺在石板床上的耶穌
- 61　海邊的格瓦拉
- 63　千年之外
- 65　裂縫有光
- 66　詩乃伊 to Kimbo
- 68　在夜色中
- 70　1943，林搏秋導演
- 71　梵谷般的陽光
- 72　冬
- 74　Abierto！Abierto！
- 76　廣島幻想書

輯三 背向的風景

- 80　背向的風景
- 82　永遠的一天
- 84　告別
- 85　磷火之海
- 87　行走的路上
- 88　母親　未來記憶
- 89　燒給岳父
- 90　大樹
- 91　高粱與黑膠
- 93　行走過你們家鄉被洪水肆虐的土地
- 94　愛，在病毒蔓延時
- 95　說故事的人
- 97　時間之外
- 98　送行
- 99　遠行
- 101　簷下
- 103　當我老去的時候
- 104　書籍
- 105　浮影
- 106　平行的世界
- 107　除夕2024
- 108　門
- 110　錫箔紙背的詩行
- 111　祝福
- 112　一個人不斷地抄寫

輯四　共同，在詩行中

- 114　殘響，即是傳唱
- 116　來到邊境
- 118　記憶與想像
- 119　想像之翅
- 120　冬日，在德里
- 122　千年之遇
- 123　心房
- 125　紀念
- 127　海岸線
- 128　野草
- 129　等待
- 130　登島
- 131　我問
- 132　一些
- 133　晨泳
- 134　遊蕩
- 135　臘肉
- 136　為忘朗讀
- 138　若可以
- 139　寫詩

輯五　外一章　詩劇──告別，到南方去

- 142　告別，到南方去

序文
為了遺忘的記憶

　　17歲開始寫詩，37歲從事戲劇——我的詩裡，常以戲劇的場景落句；我的劇作，幾乎都以詩作為敘事的載體。

　　希臘導演安哲羅普洛斯說：「詩，並非偶然；而是一種奇蹟。」他指的當然是詩意的電影，例如以長鏡頭展現、充滿詩意政治的鏡頭畫面。我想，在劇場裡也一樣。

　　從彼時起至今，我詩中常有戲劇的場景、人物、聲音或情境，以詩行來承載魔幻寫實的形式與內容。對我而言，時間，在詩裡作為一種元素，產生的是發酵的作用；在劇場裡，時間在偶然中創造必然。所以，時間在劇場的物理與精神空間裡，既是奇蹟，也是偶然。

　　這一部詩集，集結多年來，我在劇場工作中書寫的詩行。一部分是為感知一齣戲的能量，而書寫的詩行；另一部分，則是寫在劇本裡的詩行。前者如書寫轉型正義、白色恐怖劇作中的詩行；後者如出現在環境戲劇中的詩行。

　　在這裡，可以舉詩與戲劇的實證，2018年劇作《范天寒與他的弟兄們》一劇中，時間上歷經自1988年客家人運動的報導文學到2018年劇作演出的編作，前後30年漫長的時間。為了這漫長時間的詩意，我寫下一首詩〈尋找范天寒〉，其中的幾行詩如下：

　　我知道，那是范天寒和他的弟兄們
　　從壓殺的記憶時空中　　走來
　　另一個破曉，另一個時間突而斷了線

另一個令人從此在家鄉面前
失去自己身影的天光時分
繩索緊繫串成一串綁赴刑場

另有，在緬懷「石岡媽媽劇團」二十周年的戲中，我在劇本裡寫下幾些詩行，獻給這群以勞動婦女身分步上戲劇旅程的母親。我的詩行如下：

躺在瓦礫堆間，在磚瓦碎片
將祖先伙房夷為廢墟的時間裡
女人，作為客家媳婦
穿越時空的束縛
在族譜已然沉埋地底的土地上
撿拾散落不知何方的先人牌位
並在身體裡磨練著
屬於勞動的、銀亮一如月光的
流淌如清澈溪水的　告白

以上敘事，除了是獨立詩作外，也是劇作的延伸，甚且是在劇本發表後，得以於戲裡戲外演出的詩作。因此，詩與劇場的結合是深具詩的藝術性，也具備劇場的流動性。

這是當下，也是恆遠。

1973年，17歲那年，我寫下第一首詩，那時我未與劇場結緣，寫的是現代派的詩文；時隔10年，1983年我在「海山煤礦」爆炸現場遇見原住民所遭遇的底層苦難，轉化為寫實主義關切現實的詩作，這時也參與了「春風詩社」。

同年，1983年我在胡德夫於新公園成立「原權會」時唱出〈為什麼？〉一詩，我便一心想將詩作轉化為得以朗讀的行吟。因此，詩作皆以錘鍊現實為出發，讓詩與歌的元素得以相遇並結合。

初與劇場結緣，寫的是現實感交織的詩行，詩中常藏有劇

場工作的畫面：2000 年，因 9.21 大地震結識一群在尋常中表現非凡的石岡媽媽，並組成劇團。我詩中的畫面，亦常與文字相互交融：2001 年，在廢墟華山大煙囪下，我和日本提琴師坂本弘道 Sakamoto Hiromichi 在帳篷中同台演出，石岡媽媽也趕來共同演出。這以後的很多年，我與歌者及即興音樂的相遇，促成了在公眾場合誦詩的機緣。

這本詩集的重要作品，都曾經在《詩與提琴朗誦會》、《詩與舞踏》與《詩與歌者》這些年來的展演中，很有質地的表現過。在舞踏與詩的章節中，我以「渾沌」來形容詩在舞踏身體的象徵與隱喻，留下這樣的詩行：

甚麼樣的身體
如此無用
卻無所不在

甚麼樣的身體
如此枯萎
卻無比綻放

在詩與提琴「相遇」之後，有一回鋪陳的主題是「愛與犧牲」。在這裡，我有兩首詩與提琴產生著即興的撞擊。分別是〈記憶，一直在燃燒——全泰壹自焚 50 周年〉與〈躺在石板床上的耶穌——切·格瓦拉的最後歲月〉。

全泰壹，1970 年，在勞動環境惡劣的織衣工廠中，為爭取勞工權益，屢受漠視的眼光所欺瞞，最終攜著一本殘缺不全的韓國《勞動法》，在離家不遠的街道上自焚，以示激烈抗爭。詩句的出現，在提琴音符的交相激盪下，像似先在暗黑的地下室沉埋，逐漸有光從天窗透進塵埃浮沉的空間，最後是昂揚的一陣狂亂，將詩行的朗讀，帶進一片當下的陽光下。其中，幾段詩行，這樣寫著：

水和火，在海底和地底
串接著各種地球存在的元素
形成留存於冰洋中的礦物
形成凝固於高溫下的礦物
這是工人全泰壹
在幽暗的深處沉埋
這是焚盡的屍骨
終而，潮暗般的嘶喊
一如礦岩，擊碎這世界

〈躺在石板床上的耶穌〉，寫的是一樁革命者在精神上復活的人間傳奇。1967 年，切‧格瓦拉的最後歲月，是中情局與玻利維亞軍人衣裝筆挺，無情地槍決衣衫襤褸的他。原本以為最後的遺照傳到各地，將毀壞世界革命的風暴。未料，卻適得其反。躺在原本用來弒牛的石板床上的格瓦拉，有如耶穌一般微微睜開了雙眼，像是轉醒而復活了！

這首詩，在提琴的交奏下，激盪著火花之際，時間彼岸躺下的格瓦拉，並非理所當然地來到面前，而是歷經時間曲徑的阻絕，終而找尋到在時間此岸，浮現出靈魂的身影。其中，我也有幾段詩行，這樣寫著：

他們終將發現：一切的一切
並未如預期所願
世界另一邊廣大的範圍中
在飢餓、荒涼、戰亂、離散中失所的人們
全都圍繞過來，在未來的世紀中
參加了一場革命者的彌撒

劇場，最為具體的提煉，便是在空間裡置入時間的元素。空間，涵蓋物理性空間與精神性空間；簡言之，前者指的是甚麼樣的地方，例如室內或戶外。後者，通常指涉這方土地特殊意涵或歷史記憶。

詩，在劇場裡的時間性會是甚麼？

詩與提琴、歌者和舞踏的相遇，是時間在空間的穿梭，從而有別於劇場在空間中置入時間的元素。這之間的相遇，先從詩、提琴和舞踏在前衛與朗讀間穿梭，進而到頌歌的儀式中。

如此，時間是在精神空間裡，時而往前跨越到未來的記憶中，時而卻相反，從記憶的千百年前，延伸到未知的未來。這應該是聲音如何涵融：詩與歌還有提琴的交奏與舞踏身體，最為觸人心弦之所在。

寫詩 50 年，為了遺忘的記憶。這部詩集於書林出版，是因為我曾在 1990 年代於書林出版我的詩集《滾動原鄉》。30 個寒暑過去，我仍對詩投以聚精會神的關注；於今，這本詩集命名為《在時間的長廊中》，讓當下的忘卻與記憶，都成為詩的元素。

我想，分為五輯，各有一畝田地，投下詩的種籽。

輯一：一切，皆在時間中。
輯二：世界的街角。
輯三：背向的風景。
輯四：共同，在詩行中。
輯五：外一章　詩劇──告別，到南方去

詩

　　　是奇蹟

　　　　　也是偶然

序詩　在時間的長廊中

其實，最終的歸宿，都在流離中
因為，身體與靈魂的暗自對話
會在每一個夜深的孤燈下
無意間，便生出這樣的話語
幻化作詩
在時間的長廊中

為了遺忘的記憶
就是詩

輯一 ── 一切,皆在時間中

一切，皆在時間中

一切，皆在時間中
在時間的野草
追尋雜沓聲浪中
恆久逆風而生的根苗

逆風中，有浪
是呼吸在抵抗中的浪
是北風在呼嘯中的浪
是南方在召喚中的浪
是躺下的身體
在碎石間掙困的浪

是夢
是醒來
是在一則伊索寓言裡
就地跳躍的浪
恆久舞蹈的浪

是霧月十八，不斷迸裂的身體
找尋暴風中邁進的浪
倒下，是另一次站立
遠行，是新生的開始

是蒙面叢林在遮蔽天空下
兀自如鷹嘯般的瞬間
從時間中遞出的詩行
從未抵達，從未放棄

一切皆在時間中
如風暴,從背後襲來
記憶與未知皆在前方
飛翔

詩人　早安
　　——致　巴布羅・聶魯達 120 歲冥誕

詩人，早安
早上醒來
這世界因為有你
而添增了兩隻翅膀

讓愛與正義一起飛翔

然而，時日變遷
當愛飛翔，正義卻坎坷
革命於你，迢遙若比鄰
你的血，淌落翻騰的家鄉之海
你，仆倒於夜暗的法西斯風暴

那一年，島嶼的午後
經常暴雨交加，街頭
熟識的身影衝撞鐵蒺藜
詩的寄託無法安頓劇烈的政治
我經常偏離航道，在通往
馬丘比丘的雪山上
想念夏至瑪雅古廟的太陽神
在那裡，是你美洲大陸的家鄉

你曾歌頌一如返鄉的詩人
你曾吶喊，在抵抗哥倫布入侵的刀劍中

我遇上你，向你問候早安
在你微笑的眼角，我發現

通往印加遺跡底下，你書寫的
最最美麗的詩行，獻給
流亡後，你最坎坷的背脊
在攀登崎嶇山路的馬背上

那時，我已涉越年少
在青春如釀的旅途上
經歷一片夜暗中的灰牆
駐足，用我內在僅存的粉筆
塗寫下對你詩行的記憶

「為我的語言，為我的血，說話」
你這麼寫著，我這麼記著
在西班牙的那場內戰
詩歌從來不是徒然的
它，烙印在貧瘠者的胸口
為抵抗，預先播下來春的一畝田

早安，詩人
今天是你120歲生日

詩人，早安
我始終在問，未曾相見
時間，曾隔開了我們的相遇嗎？

後記：「在智利，只要你坐上計程車，問起聶魯達，司機從不錯過詩人的任何事蹟！」客家詩人鍾永豐說。我，於是明白：為什麼詩人會說：「我是寫詩很久以後，才知道我寫的是詩。」因為，詩，從來不是有形的；更深切的是無形的。即便，革命的詩篇也不例外。

詩人，生日祝福。

Al-salam 和平

真主的僕人在路上小心翼翼地走著
蒙昧的人呼喚他們
他們回頭答曰:「和平(Al-salam)」
《可蘭經》第二十五章三十六節

這首詩,要這樣開始
因為,我們都是蒙昧的人
蒙昧自己看出去的視線
在遮蔽的沙塵下
在爆裂的炸彈中
在斷壁的殘垣中
在扭曲的榨取中
在欺世的宣傳中
在霸權的操弄中
我們發現自己成了蒙昧的人

Al-salam 是　和平
和平　是 Al-salam

然而,好戰者,以轟炸撕裂
孩子的頭顱與母親的胸口
將這話語丟進下水道
在潑暴力汙水的同時
恰好汙名化了 Al-salam

一個孩子,在殘破的家門口
將詩人留下的風箏
隨著炮火的熱風
拋到半空中　下一刻

隨即掉入炮坑　掉入
沒人聞問的深淵裡

在那裡等著的母親
手上拿有一碗滿覆彈藥鏽痕的麥片粥
臉色蒼白而茫然
他在找尋孩子
碎裂在斷垣間的軀體

詩人，你在哪裡？我問
聲音回答說
在天上朗讀最新的詩作

孩子，你在哪裡？
在被炸毀的墓園裡
為一隻死去貓咪的靈魂
用泥土編一冊繪本

母親，你在哪裡？
在找不到廚房的屋瓦間
挖出畫有魚圖像的一張紙
想去餵養癱軟在暗黑角落的貓

父親，你還在嗎？聲音說
在回不了難民營的路上
點一只暗弱的油燈
為詩人與貓找一張失落的毛毯

這一天，拾起黎明難以到來的天光

一家人在一處被轟炸得只剩殘磚裂痕的博物館
哼唱著一首巴勒斯坦的情歌
他們想在這裡團聚
這裡是他們文化的根源
然而，他們剩下的靈魂
只能再撐最後一次的突襲
子夜後，他們終將啟程
結束遊魂的中繼漂泊
朝向天上的歸宿

但，世上的人走著
聲音在問
何時才從蒙昧轉作清醒
再次聽見詩人朗讀和平的詩篇？

聲音沉默　天地不仁
路過的人都沉默　只剩貓咪
像似看見詩人留下的風箏
朗誦：「如果詩人必須死去
你們必須活下來！」

聲音呼喚　別再蒙昧
活下來的人，去找尋孩子母親與父親的屍骨
追隨他們一家的靈魂
和他們一起大聲朗讀
飄在加薩天空下的詩行

這時貓咪加入朗讀的行列
像似看見，詩人留下的風箏

飄在每一戶人家的屋簷上
Al-salam Al-salam
聲音不曾終止

紀念詩人　看見天空
巴勒斯坦的天空
詩人身影　如風箏飛翔

後記：2023年12月7日是一個紀念的日子。這一天，被喻為「加薩一把聲音」的知名詩人、44歲的作家及學者雷法特・阿拉雷爾（Refaat Alareer），和妻兒共同死於以色列的空襲，這不僅令所有巴勒斯坦人震驚悲憤，海外文壇學界一樣惋惜哀嘆。

他在死前，寫下的一首詩裡，有一句詩行：「如果我必須死去／那麼你必須活下來／活下來／講述我的故事。」似乎預知了自己的死亡。

我記憶中的將軍

他們,都選擇在黎明的時候動身
以便掌握自己的命運
在一日之始
然而,這個深秋的破曉
來得比往常遲緩

我記憶中的將軍,有著兩張瘦削如秋日芒花般的臉龐
相互在一面鏡子裡,映照時光河道上的航行命運

恰是在這樣的季節裡
他們的胸口隱隱作痛
彷彿感受到未知的預卜
似乎,在神人之間徘徊
久久未曾稍稍消逝

我記憶中的將軍,航行來到積累著鬱悶泡沫的碼頭時
黃昏恰恰從家鄉方位,捎來一道傾斜角度的刺眼夕陽

催促他們加緊最後的征戰步伐
在敵人尚未從埋伏的山丘
或者,城垣的幽暗處集結
在時間仍寸步屬於自己
沙場尚未浸染同袍血水之前

我記憶中的將軍,在相隔千萬里遠的兩道河上眺望時
他們瞇著細條條的眼神,恰似將自己的心思埋藏在沉重的石磨下

征戰的天空飄下滿滿是勳章的雨線
然而,縫隙間總有烏雲與雷聲隱藏

切莫驚動遠在家鄉廳堂憂忡的老母
切莫回顧彪炳輝煌的殺伐,以及
每一位情人留下的玉滑冰肌

我記憶中的將軍,在最後的航行中淚水濕了滿頰
他們都回到無法返身的兒時,因為將與生命最初邁向前方的死亡

兩位將軍的最後航程
十八世紀,跨越南北半球
兩條洶湧河道上
逆風危立出海的沼澤海域
彷彿,隔空聽見彼此的嘆息

我記憶中的將軍,終於抵臨生命之河的峽角
在歷經數不盡懸索般斷裂的時間吊橋
憔悴的裸身在一只吊床上擺盪,忘卻前塵
跌跌撞撞,飄搖起身時,「他媽的」
他啐了一句,「我甚麼時候才能走出這座迷宮」

我記憶中的將軍,終於抵臨萬松交纏的關前
祖居之地漸次在視線中隱去,回首海峽
波濤間浮沉的那艘巨船,一如家鄉島嶼
阿罩霧夜色已深,母親離奇夢境中
一顆流星閃落,恰殞落在飛簷的月牙下

後記:他們總是感到,一生遭遇都像似鬼使神差;也這樣走完了人生長河上悲壯的旅程;一位是拉美的解放者玻利瓦,另一位是阿罩霧將軍林文察。

甚麼樣的身體
　　——致　舞踏者竹之內淳志

甚麼樣的身體
如此無用
卻無所不在

甚麼樣的身體
如此枯萎
卻無比綻放

我在一個時間被荒棄的廢墟裡
突而　與一滴朝露相遇
冥神吐露宇宙幻化的稍縱即逝
那一瞬間　我見到你少年的身姿
奔向一列風雪中的列車
回頭時　你已經是滿臉皺痕的老婦人
朝著天地緩緩地笑開嘴角

我在一面高樓頂峰的落地窗前
茫然　來不及出神　接近發呆
一陣及時雨問我朝向何處
那一片刻　你身披紅袍進場
在柱與柱形成的四方
往前方吋　延伸至身後無盡
我投神　視線隨時被一個轉身
推向未知的時間未來

甚麼樣的身體
如此冰雪

卻炙熱焚身

甚麼樣的身體
如此死亡
卻預知再生

在瓦礫堆的斷垣殘壁
孩子閉上眼睛
睜開靈魂　身體若種子
在恆久的暗夜中
冒出春泥
是舞踏的身體

舞踏是夢
夢　夢見舞踏

舞踏是詩
詩　唱頌舞踏

舞踏是孩子靈魂
回家的那雙翅膀

舞踏是母親
爆裂一瞬間
臻至出神的祈禱

詩人在家嗎？

詩人　在哪裡？
詩人在家裡　午寐
在廚房的一點麵包屑中
細數這世界的大千

詩人　忘了回家？
詩人遺失在一封
數十年未曾寄達的信件裡
在席夢思的安逸中
渡過戰後歲月　剷平的
殘磚碎瓦與遺跡間

詩人　在天涯海岬
乘風破浪地想像
愛與身體的纏繞
只為這世界　留下
一只孤單的信箱

然而　詩人早已遺忘
詩　予這世界的允諾

於是　在詩人的門口
留下問號　一如詩行
問號不絕：往哪裡去？
詩人　你往哪裡去？
這世界　往哪裡去？

詩人　我在你家們口
留下身影　稍縱即逝

這是一個寂靜的午後
陽光在樹梢間　留下
不定的身影
一如　未知的旅程

一個劇作家

因為,惑問與懸念
我步上了這旅程
在事件中,讓人物
在返鄉的歸途中
一座舊車站前
茫然誦詩,若一詩人

這是敘事的開端
以詩作為劇場的載體

這只是一個意外
或突發的開始
接下來,穿越車廂的
將是更多驚愕的情境
到底是精靈闖入
或者終歸只是一陣風
都和底層如何被風襲倒
而後,又選擇背負汙名
奔上一趟意外旅程相關

所以,對劇作家而言
事件性遠比劇情性
有著永恆的代表性

風雪,不會是南方島嶼
居住的特殊與日常
因此,風雪事件如何發生
又如何覆蓋整座城市
將形成怎樣的影響

這是寓言帶來的轉折
就如戰爭為何發生
遠比譴責戰爭　重要

時間中的母親
被遺忘的一頁血腥
登上靈魂之窗的冬蟲
從未知來到的新娘
當人物都開始找尋自身的角色
角色，或許註定遲早失蹤
又或要在時間之外
找尋出路，這已經宣告
懸念的不可或缺

宣告，只是宣告
就像教條指示著規訓
通向時間的終點
心中的燈隨之黯然
戲劇，何時有理由
在答案的漩渦中自足
因此，相約共同啟程
在石礫佈滿的曲徑中
冒著土石流災難前行

這是懸念交代給惑問
不曾停歇的約定
就這麼抵臨，下一個驛站

一個劇作家
在觀眾席上看見自己
也在舞台上表現自己
看見的瞬間,被看見
表現之際,早被觀眾在現實上
表現了千次萬次百次

這是寫給一個劇作家的一首詩

後記:希臘導演安哲羅普洛斯說:「詩,並非偶然;而是一種奇蹟。」我的劇場中常有詩的蹤影,詩中也有劇場的痕跡。不論是劇場或詩,既是偶然,也是奇蹟。

阿萊莎　一個劇中人物

阿萊莎，一個劇中人物
或許，觀眾會始終以春日凋落的花來看待她
但，她更像家鄉後山劇烈溪流沖刷過後的卵石
在鏡子裡，留下容顏
矜持中，帶著某種泰然

那麼，是怎樣的下午
迎來這個純潔的女孩
就在未來或過去的一場戰事中
她抬頭，恰好一顆炸彈
在她上學的路上轟然

於是，一個嬰兒的眼珠裂開
頭顱裂開，在冒血的新生裡

於是，她眼睜睜而失語
對世界，對老師，對同學，對父母
對相識與不識，晨間或夜晚

她，拒絕話語或許只為留給自己一片
晴朗的、浮雲飄過的、潔淨如棉紙般的
全然在噤默中遠去的　天空

她，不曾說話卻說了很多話
在沙灘的禁區，只能對著一支拐杖
用失調的聲音，無聲吶喊
這是她的一切，殘餘帶給她的一切
她，望著敵對雙方的兄弟
在一支門前的枯葉前，疲憊地跪下

幾乎,只剩殘餘的氣力握著手

她,臉頰淌下淚水
沉重,並挾帶沙塵
她,望著天空中的自己
像似看見鏡中的自己
在波浪般的雲下舞蹈
身體在戰場的世界
唱一首天使般的歌
阿萊莎,是一個劇中人物

阿萊莎,一個劇中人物
來到,你無語中
感到索然的一個下午

相遇,時間裡靜止的聲音

廢墟裡的提琴聲
在心中響起
一片碎瓦孤寂落地
屋外,閃過雷鳴轟隆
頌詩,於火光閃爍中

於是,我想起
難民營遺址的那場演奏
琴聲,從傾斜的牆柱間傳來
仇恨與殺伐後的大片沉寂
像在時間裡靜止的聲音
雖然,那僅僅是一場
和平在摧毀中的泣訴
卻足以宣示埋葬的是手足的割裂

於是,你薩滿般的提琴聲
在交錯的混雜中響起
人們來不及記取罪責
因為,罪責躲藏在歷史的後面

然而,這個午後
咖啡在暗幽的天候中
兀自冷去的時刻裡
落葉劑,如豪雨般降落的瞬間
燃燒彈緊追著那裸身的女孩
何等緊迫,何等噤默

與其譴責,何不逼視
這世界從未止息的戰爭收割

去問霸權,在掠盡舉世殘糧的軍火庫中
如何繼續飲盡手中的雞尾酒

這個午後,咖啡冷卻
在你的狂亂的音符中
薩滿般穿刺著提琴
魔幻如符咒,撕碎謊言

這是你我的抉擇
你我的抉擇

如此
相遇,時間裡靜止的聲音

一個劇本完成的過程中

一個劇本完成的過程中
誰常夜半醒來
滿地找尋落在桌腳的老花眼鏡
誰在沾酒意的日誌中
寫下不安的訊息
是父親,市井上這麼說
是父親離散的魂
是角色,或者劇作家

一個劇本完成的過程中
炮火,總會停歇
但,那是找尋下一次轟炸的藉口
這是戰爭教會人爭奪的詭計
沒有詭計,炮不會停
荒蕪的夜空只會更暗弱
而後,全面被黑暗吞噬
幸虧有炮,才有擦亮的光

你的魂,或許已返家
戰禍中不幸死去的父親
但你的家門已蒙上煙塵
誰是拭去煙塵的孩子
在僅存的門環上
寫下自己消逝的名字

只有風,記得你
只有風,為了你
在風中吹長長的哨子

讓斷壁殘垣的教室裡
留下老師的粉筆記憶

寫著回不了的家
在歸途中
種著失去根苗的樹
在家門口
某個清晨
天空飄下一只信
只有你已被遺忘的血跡
一如筆跡

一個劇本完成的過程中

孩子

孩子,躲在幽暗禁閉的地道裡
用眼神支開仇恨者的槍口
將罐裡,僅存的一小口羊奶
餵給不斷在顫抖中飢餓的女人
女人,像似家裡的母親
然而,女人被從她家裡綁架
在地底窒息,失去地上的音訊

她,也是孩子在轟炸中的母親
她,也是孩子在廢墟中的母親
然而,孩子的親生母親
被埋進瓦礫堆中
在瞬間爆裂的燒夷彈中

這一刻,孩子在粉碎的嬰兒床前
朝著越境的坦克投擲石頭
孩子面對炮口,不懂恐懼
也來不及懂恐懼是什麼
然而,孩子還是懂得抵抗
他大喊:我們沒有武器,沒有退路
這是存在,不只是生存

孩子回到通往未知的地道裡
他從懷裡取出的可蘭經
夾著一張母親與嬰兒的合照
嬰兒是他,而他在沙塵裡拾起一頁
沾著血跡的聖經
他拭去血跡,跪下

空洞的回聲中傳來
女人祈禱哈利路亞的讚頌聲

世界會再開始嗎？
世界，何時再開始呢？
世界，已到達盡頭嗎？

我手上的石頭呢？孩子問

尋找范天寒

1988 那年的某一天,晨起前的夢中
卡巴　胸前掛著同樣的那台相機
從西班牙內戰的戰場　前來
他像是在我的夢境中,說了自己的名言:
「如果,你拍得不夠好;因為你靠得不夠近」

然而,當他轉身,前面是倒下的士兵
他按不下的快門,決定了
他無法決定的瞬間

就這樣,我起身出去尋找范天寒
天空有些陰霾的日子
門口抗爭的行列中
似乎飄著一面隱形的
看不見的旌旗

我知道,那是范天寒和他的弟兄們
從壓殺的記憶時空中　走來
另一個破曉、另一個時間突而斷了線
另一個令人從此在家鄉面前
失去自己身影的　天光時分
繩索緊繫串成一串綁赴刑場

豪雨中,變身為革命者的　幽靈
拎著自己的頭顱登場
說了噤聲的故事
現在,街頭上行走的　人

都彷彿在問：
「這就是　范天寒和他的弟兄們　的故事嗎！？」
彷彿都在問：
「幾時挭正尋得到你⋯幾時⋯」

落語開成

落語開成,以落語讓窗內一片無垠
無垠的話語,無垠的腔調,無垠的
邊境,有陌生的腳印在雪地裡
朝向門口走來,門一開啟
風一掃進,落語宛若冬日花瓣
在每一雙耳朵旁灑落
在每一次眨眼間繽紛
在每一刻的落寞中
遺留下笑聲如瓷瓶碎裂

這就足夠了,無須贅言
因為話語原本枯索
卻被落語給開了竅
原來是來自日本東京橋文化
浪跡者在榻榻米跪壇上的絕技
一個滑稽天地中的人
開了口,成了江湖上的傳言
稱之為落語,單口相聲

江戶時代,燈火點亮的居酒屋
商賈買伎勝過武士買醉
說說笑話,針砭時弊
東洋海播,時至今日

語,落在社會的懸樑上
小人物一手掐住投機者的脖子

那麼,開成如何落語呢?
且讓我們拭目以待
先說開成,不是甚麼形容詞
也壓根不是地名
或者有甚麼獨特的指涉
只是一個叫開成的傢伙
他出入酒館,席榻而跪

嘩啦啦語言落滿一地
像稀哩哩擲地的碎酒瓶

落語,日本單口相聲

土地的裂痕
──梨花心地

曾經，在一個噤聲的子夜時分
地底發出轟隆震響，在農田上
割裂一道巨大的傷痕

躺在瓦礫堆間，在磚瓦碎片
將祖先伙房夷為廢墟的時間裡
女人，作為客家媳婦
穿越時空的束縛
在族譜已然沉埋地底的土地上
撿拾散落不知何方的先人牌位
並在身體裡磨練著
屬於勞動的、銀亮一如月光的
流淌如清澈溪水的　告白

告白，一如深埋心底的語句
在每一次的聚合中
都為離散舉行回返的儀式
在泥土間、土地祠前的河壩上
在曾經斷裂的橋樑上
在看不見對岸的此岸
在暗黑中，點燃每一顆心中
每一盞搖曳的燭火
像往返鄉鎮的車馬
讓他鄉一如家鄉
在每一次的巡迴演出中

於是，或許，有聲音會問
為二十年慶生的劇團，如何
再次為裂痕的土地命名
於是，在風中，妳們戴著
梨花瀰漫的一頂頂斗笠
在怦然的鼓聲中，不忘
將自己的身體，作為
斷裂時間中恆久的
一句台詞、一種種情境
以及，聲聲對土地的召喚

北風

北風呀！你盡情的吹吧
那些亡命的腳蹤，踏著泥濘
在穿越芒草間隙的瞬間
有陽光逆著視線，照射過來
像在拉開一道通往未來的道路

北風呀！你盡情的吹吧
燒炭工人的臉龐亮著眼
黑色的眼球，皺紋深烙的臉
都是夜空上，辨識方向的星辰
我們且共同追尋著前去

北風呀！你盡情的吹吧　吹吧　吹吧
在這位，在該位，在河底，在山尖
在客家的夥房，在露水滴下該下
在躲藏的山洞裡，我們亡命
我們且攤開那面旗
在農民、在工人勞動的土地上

然而，滴著血的灰暗路上
槍聲滾動著催命的吉普車聲
推我們進時空荒蕪的地窖
等待豪雨的清晨，靴聲中
拉開的法西斯刑場

啊！我隨著自己的魂
從子夜的牢房來到仆身的沙堆
眼前的路，是回家的路嗎？
我想開口這樣問時，路已消失

消失在車水馬龍的十字路口
頭前的路,係不係轉屋的路

北風呀!你盡情的吹吧　吹吧　吹吧
北風呀!你盡情的吹吧　吹吧　吹吧
繼續底

變身的哪吒
——寫給囚禁中的逆風少年

現在,哪吒已從神話出走
借來少年仔大鬧天庭的膽識
來到高牆的面前,準備揮棍
擊碎八方四面的牢房

然而,一種剔透的聲音
在他玲瓏的耳際響起

放下猛棍,變換安靜的身姿
他將穿越層層牢牆
以一種黑白顯影的高度反差
以及,涵容邊緣背景的廣角鏡相
和夜深角落裡的呼吸
一起玩起變身的遊戲
開啟身體形象的塑造

舞台下,哪吒的身體是每一個在躁動中
拋擲出叛逆與不安眼神的　身體
舞台上,哪吒的身體是每一個在變身中
和這個殘酷的世界對話的　身體
這之間,穿插錯置無限面隱形的　鏡子
映著自身、映著法庭、映著牢房
映著走出去後,才又高高築起的
一堵又一堵隱形的人生灰牆

於是,每一個變身的哪吒
只能選擇讓身體的想像
與變身中的哪吒
從未休止的　激辯

輯二　世界的街角

世界的街角
——布萊希特五十週年祭（1898-1956）

燈光漸暗，仍有人穿過水晶燈下的大廳
準備著，將舞台上的賞心悅目
帶回暖燈下的　枕香中
大抵　這個世界　為這樣的人
安排了一座舒適的　劇院
得以聯結到沒有驚聲的睡夢中
當然，我們無從憂心或惶恐
若有妓女流落街頭，是否
會是這人夢境中的　章節
但，可以肯定的是：劇院
不為城市暗幽街角
穿插任何一個場景

無妨　為什麼？去問布萊希特
因為，他為世界預留了這樣的街角
是妓女的街角　是遊民露宿的街角
是詭異的街角　是風雨來襲的街角
當你再問，為什麼？他就點起雪茄
神色自若地要你有所作為，說是：
統統收拾起同情的目光
去追究不同姿勢的眼神
擺進一樁耳熟能詳，卻又
無比駭人聽聞的場景中
例如…。嘔！親愛的觀眾們，
你不妨謙虛又有自信地想想看

想想看,那街角,或許
早已蒙上一層貪腐的沙塵
想想看,沙塵背後,是否
一張張面具,恰好詭笑的
適宜安裝在一副副政客的嘴臉上
當然,當你想好,也是該起身
從劇場走向街角的　時候了

當然,當你走向這個街角
怒火尚未平熄的一刻
就會有另一個街角
已在炸彈的襲擊下,失去了
母親在廚房中的身影
這時,死去的孩子,彷彿
撐開血肉模糊的傷口問著:
「這世界　為我留下的街角呢?」
或許,恰恰在這樣的瞬間裡
布萊希特的靈魂　竟自無言
而沉沒在無盡的暗黑裡了

後記:在敘事詩劇場 "Epic Theatre" 創始人布萊希特逝世五十週年的今天,赫然發現劇場與現實的距離,遠遠超出布氏在運用「間離效果」時的指涉。

燃燒的樹

一顆燃燒的樹
底下埋有時間中　未知的母親

在疲憊、荒涼中　死去的孩子
手臂上刻有自己的名字
他是　一顆燃燒
失去身分　屍首無法被辨識
也不能長大的
樹

燃燒的樹
傾圮的斷牆
在網路斷線的暗黑底層下
燃燒血脈中僅存的　吶喊

這世界
僅剩一首詩　一首
寫給巴勒斯坦母親的詩
寫給加薩孩子們的詩
一首　不曾忘卻自己聲音的　詩
一首　在深陷的泥濘中
留下腳印的　詩

這世界
僅剩一首
寫給這冷眼目睹死亡的詩

這世界

刻　魂
致　死難的木刻家黃榮燦

「那麼,應該在何時才能充實我寫畫的自由?」
你這麼問時,海峽上空肅殺的疑雲
正隨著法西斯驟雨般的靴聲
瞬時間,遮斷互望的眼神。

那時,你已登岸多年
版畫家、潛藏的革命份子。並以,文字書寫
緊密封守另一個地下身份
那時,我猜想:「外省人」的稱呼
大概也已在你的耳膜間被記錄

又或者,某一個雨淅瀝瀝澆遍寒夜的街頭
榻榻米蓆鋪上,肅清的耳語如鋒面
恰割裂著你的胸膛。然而,繼續底
一如護著上海來的劇團
前往歸航的碼頭
你朝夜暗方向走去
等在紛亂時間那頭的
如你預期:是「本省人」作家書寫的
一紙和平宣言正煎熬於凌辱者的監控。

台北,秋日一個起風的黃昏
孤寂的暮色,突而在錯落的鐵窗、招牌、街巷
以及公寓的灰牆間投入噤默的影:我們的
眼神梭尋一如逆轉的鐘面;身體,如惶惶於
燈光監視下的一枝筆。

朝著窄仄的山坡路
在墓園後的亂葬岡上，驚恐於你
躺下的姿態；於你，殘遭撕裂的靈魂
於你，在冷戰之牆上，被刻意拭去的
受難之名。畢卡索呢？魯迅呢？現今，唯請你
容許我通告他們。那些，在你的刻魂中倒下的
必該不僅僅是用來被紀念的「政治圖騰」

後記：黃榮燦，以「恐怖的檢查」木刻畫，將「二、二八事件」刻在版劃上。1946-47年參與深入民間社會、消弭省內、外隔閡的文化宣傳運動。與本省左翼作家楊逵結識，共同參加「和平宣言」的發起；1949年外省進步文化人紛被迫離台，唯獨他仍留下，至1952年仆倒於馬場町刑場。

紅傘下
──致革命者與因疫受難的魂

一只舊皮箱
裝著流動的時間
如膠捲在顯影中,現身
一個場景,一樁事件
將眾多孤寂的心點燃
像似一場戲,在子夜開演
預示天光到來的時辰
初醒的腳蹤已奔赴未來

詩人,沿著河的左岸
逆風前行時,髮際
不斷被扣問的吹襲
掀起交疊於彼岸的記憶

血,染紅刑場的沙丘
皮箱,在時間的頓挫間
大片的噤默,像古厝簷角
碎裂在驚駭眼神間的瓦
彤紅天光下的村莊
亡命的魂,在泥土間
頌著流亡者的詩篇

從彼岸到此岸,再次跨越
朝向時間的另一岸
在激流交匯的岸上　集結
望向長河上漂流於新世紀的
一只舊皮箱　一只

恆久在時間流動中
起伏跌宕，不沉落的皮箱

一只革命者的舊皮箱
在一把紅傘下
從時間彼岸　逆流
向時間此岸
在一頂大眾葬下
繼續變革的文化行動
這是一種時間之流
帶來的啟示，曾經
在 1930 年代的影片殘留間
我們梭巡於大眾的腳蹤
在蔣渭水的抗日足跡下

現在，殘影在我們身上
留下抵抗的痕跡
在大眾葬裡植下大眾樹
讓大眾站成群也成眾
懷思因疫身亡的魂
與魂眾在謊言的遮攔下
探詢真相的　天光

一只革命者的舊皮箱
一頂大眾葬下　回魂的眾生
在一把紅傘下
直到永遠的勝利
Hasta La Victoria Siempre

註：切‧格瓦拉獻給古巴革命的詩行：Hasta La Victoria Siempre 即，「直到永遠的勝利」之意

後記：1931年，抗日志士蔣渭水染傷寒身亡；因在當年傷寒為傳染病，就如今日染疫之人，須立即火化；葬禮日，火化後的蔣渭水已無肉軀之身，卻有多達5000人眾前來之參與他的葬禮，稱作「大眾葬」。從殘存的紀錄影像中見出：葬禮中，人來人往，形成一股文化抵抗的力量。

早晨醒來

早晨醒來
時間　變了顏色
窗外陽光
讓城市的呼吸
稍稍解脫喧囂的滯重

母親和女兒細聲說話
父親整理枕頭雜亂的皺痕
昨夜　戛然於這樣的章節
於是高樓窗外的夢境
仍在劇本裡翻滾

接下來的情節
該由事件來設定
或者　人物靈魂在鼓聲中
行屍般掙扎地前行

或者　只剩一隻鳥和一條深海的魚
在燃燒的地球　和平對話

早晨醒來　只剩下
這樣的情境
緊張扣著腦門的鐵環

記起那風大的海邊

歌聲,在浪跡的血脈間流淌
你可曾記得,千層重疊的杉木間
年輪也以千年的殷切
期待你最終的　懺悔
做為每一次在時間的旅行中
都僅僅看守自身行囊中
那顆從人民的礦岩底層
以利劍或者電鑽鑿出的　戰利品
何時,曾聆聽年輪
在你耳際失聲吶喊

你必須等待這樣時刻的到來
因為,全心的貪婪
早已吞噬你破碎的身

你或許在這樣的時刻志滿
然而,沉落的失重
這地球沒有分秒不是

我總是記起那天海邊風大
浪潮,在天暗下來時
從四面八方襲來
毫無預警的是歌聲
這時,從天際邊傳來
像是在推湧著另一波浪潮
進入我們幽暗的心

等待,再一次破曉的到來
它混沌,它,一無所有

它，便是所有，所有的現在、未來
還有過去 7600 年的　光陰

我們都知道
總會有那麼一天
藻礁，會唱着海洋之歌

而水手，我們都是
返鄉的水手

而旅人，我們都是
歸鄉的旅人

而海岸，我們都是
護衛島嶼的海岸
與　藻礁　長存

記起那風大的海邊

高速道路，飛過…

高速道路，從梨園飛過
那一個清晨，媽媽醒著
在床上，聽見樓上傳來嬰兒聲
是媳婦在催媽媽做阿嬤了

中秋時分，夜涼
收成後的水梨已在冷凍庫裡
守住自己的結實纍纍
就如 20 年來的每齣戲
都是晨間露水，滴落
在曉光下的梨枝間
不曾稍稍怠忽或忘懷
是母親對土地與子孫的
允諾與祝福

然而，高速道路飛過
就像多年前，那場
無情的大水，趁天光亮前
掠奪屋樑與地基
剩下一無所有的一雙眼神
仍凝視這在紛亂中晦暗的世界

然而，高速道路飛過
更像那年 9.21 的子夜時分
祖先牌位在劇烈搖撼間
和家園一起陷入無邊的漆暗中
時間回返，母親醒著，阿嬤醒著

時間當下,母親仍醒著,阿嬤仍醒著
抵拒天地無情,張開臂彎如羽翼
讓不慎落在梨園下的一只卵巢
渡過今春、涉越明夏、穿越秋涼
在未來的冬寒中　為春日而醒來

此際,芒草恰紛飛,眾抬頭
恰見高速道路飛過,在空中斷裂
梨園傳來切切的彈奏聲
聲聲在吾庄骨髓,留下
如詩如歌如心,砰砰然地
沿著溪流穿越,抵臨
一顆種子落地的春泥上

瞬間,即千年之遇
千年,即瞬間之遇

清晨醒來，在中山堂誦詩的週末隔夜

沿著廊道的梯間
時間　似乎在瞬間
完全停止下來

等待　誦詩與提琴
朝向未知的　遠方

中山堂　一個週末的夜晚
煙塵在旅人的腳跟落定
一隻駱駝疲憊的腳印
在世紀的轉換間
決定自己的方位

未曾落定的是
醒來的清晨
一個窗口爆裂
女孩朝遠方的鐵絲網
投下驚恐的眼神
血　在飛彈落下的瞬間
被沙塵遮蔽　瞬間匿跡
只剩曝曬在死寂中
散裂的血肉與骨骸

這是世界　在接受敗降的記憶未遠
又已在弦琴間　激盪群鳥失翅爆裂
在誦詩間　追尋難民在邊境無聲吶喊
在照片的定格間　傳遞無國界
這時　我失神的腦神經交纏
巴勒斯坦詩人　達維希的詩行

「無論這大地是否會逐漸結束
我們都將在這無盡的路上跋涉」

清晨醒來,在中山堂誦詩的週末隔夜

廢墟中的提琴聲
致 出沒聲音禁區的坂本弘道

我發現　你沒入一片黃沙中
將自己隱居在時空最偏遠
最最偏遠的末端　甚至
化做飛揚風暴中的狂沙
襲向傲岸的孤岩
發出令這個世界碎裂的呼嘯聲

我發現　你鑲嵌進一片斷面中
將提琴的弦拉進一面斷牆
最最隱蔽的角落　甚且
化作斷牆上的一只印記
迎向風暴的記憶
發出對未來不可預知的聲響

那花火，在劇烈的瞬間
磨礪著下一步里程
迸裂當下　已經消失殆盡
一如你薩滿般的提琴聲
你的愛人　也是敵人

子夜抵臨當一切的騷動
都已在末世的危言中
燒成無從辨識的灰燼
望向殘破的、被誤解的天空
為你經常性的巡迴旅行
拉動琴弦　出沒於我想像中的
聲音禁區。

於是猜測　這時
我已登上你的灘岸　一片
專屬於弦音的
詩的險灘。

後記：坂本弘道，一個視提琴為「敵人」的提琴家。自公元二千年起，多次來台和「差事劇團」共同完成帳篷劇作品。期待來日，他的琴和我的詩，能共現在一個時空裡。

這世界,亮起的一盞燈
──寫給殘酷的季節

街頭,人來人往無盡陌生
也不需一一指認誰的身份、狀態
到底與另外的誰
有何需要被連結的關係
這已是世界常態
就像發生在每個國際都市中
捷運、公車、私人轎車、摩托車與人行道
穿越馬路的每一刻中

然而,一個清晨裡烏雲滿佈的天空
窗外突而傳來陣陣歇而又起的　悶雷
像是記憶裡,潛伏多時的惡兆
臨窗來到你的床頭
睜開疲憊的雙眼
腦海中,響起警鐘似的雷聲
撞擊島嶼的每一個角落

這世界,亮起的　一盞燈
被世上的貪婪與昏庸
在日常人生的往返中
硬生生給打碎了
滿地玻璃碎片遺留下的血跡
是一個在家突而猝死前的男子
留下的遺言,或許血書斑斑
來不及訴說生之悲慟

一個女人在橋上要跳河
被緊戴口罩的快遞騎士
快速地抱了下來
救護車鳴笛在雨中搶進抵臨
女人，只說：我想去上班
但，耳語說：這女人來自後街的暗巷
暗巷裡，藏著看不見的變種病毒
大雨滂沱，孩子在家等媽媽回去
等瞬間交換的安慰眼神
如一盞　燈

然則，這世界何時在我們心中
再次亮起那盞燈
照亮每一張臉孔，安祥的側顏
不在黑暗中、不再相隔於隱形的牆面
不再被無邊的謊言　推到
無盡的　深淵

敬悼　唯有敬悼
往生的魂是新生的燈
照亮島嶼上每一張驚惶的
悲憤而不願再受欺瞞的　臉孔

亡者是燈，給生者帶來的　燈

記憶，一直在燃燒
──寫給　全泰壹自焚 50 周年

現在，我們在這片晴朗的天空下
回溯那個著火的午後
身體，禁不住地顫動

一個工人將汽油澆向自己的胸膛
1970 年，清溪川畔不尋常的日子
記憶，一直在燃燒
母親走在貧困的路上
撿拾被機器輾碎的勞動
血與汗都喚醒伊的垂首
再次，抬頭仰望
燃燒的天空下
睜亮火紅雙眼的兒子

水和火，在海底和地底
串接著各種地球存在的元素
形成留存於冰洋中的礦物
形成凝固於高溫下的礦物
這是工人全泰壹
在幽暗的深處沉埋
這是焚盡的屍骨
終而，潮暗般的嘶喊
一如礦岩，擊碎這世界

在破落的舊市場裡
成衣工廠的生產線
棉絮在空隙間蔓延肺矽症

暗影與微光交叉的窗口
雨，時間的雨，孤寂滴落
無人聞問的底層臉孔
在串燒的火苗間
看見工人反抗的身體
即是，為了愛的焚燒

而母親，始終未曾熄滅
這場焚燒的愛

後記：韓國工人，人稱美麗青年——全泰壹自焚逝世 50 周年紀念。這位貧苦青年從 1965 年到 1970 年期間，從街頭小販變成了服裝廠工人，工廠環境駭人聽聞，於是他購買了法律書籍，尋求政府援助，組織工會，與新聞記者交流。但情況始終沒有改善，甚而惡化……於是，他採取了最後的身體行動，以示抗爭。

躺在石板床上的耶穌

這裡，只剩一塊石板床
用來擺置一個革命者的身軀
然而，他的魂未曾逝去
因為這是刑場，殘酷的風
散亂而頓失方位的雲
以及，多少淌落心中的雨
恰如血水在泥濘的殺戮中
沖刷世上貪婪者的罪衍

然而，這裡又已不是刑場
而是一場救贖的儀式
槍殺的人臉孔，在照片中
用沉默與無情掩飾內心的恐懼
其實，更多是想得意地邀功
朝向帝國暴風眼旋繞的殿堂

他們終將發現：一切的一切
並未如預期所願
世界另一邊廣大的範圍中
在飢餓、荒涼、戰亂、離散中失所的人們
全都圍繞過來，在未來的世紀中
參加了一場革命者的彌撒

因為，那斜斜躺落的身軀
未曾全然闔上的雙眼
似乎微笑著的雙頰
在不曾顯現的光環下
恰是受難的耶穌
躺在一塊貧困而永恆的石板上

何等不變,何等不待神跡似的復活
卻早已在窮困的人們心中
一再如圍困於懸崖的征途中
那把槍、那雙靴、那眼神、那地圖
以及綠色背包裡的手抄詩篇
再次在一張照片中　復活
在一場儀式中,宣告
革命是不朽的

我們正歷經了一段歷史
一場時間漫長的旅程
在此岸,望見彼岸的身軀躺下
也已同時封存了復活的希望

是躺在石板床上的耶穌
是切・格瓦拉

海邊的格瓦拉

島嶼,在海洋的包圍下
記憶,殺戮的記憶
被席捲的浪吞沒殆盡
．

1950 年代,刑殺的怖慄
在日光下的晦暗中
被布置成一場冷戰的儀式
割去日常左眼的視線
一整代人,直至現今
都在這場儀式中,被迫現身
．

有些人,是目睹者且執行撲殺
另些人,是旁觀者且學習噤默
這些人,是左翼世界的身與魂
在沙塵中淌血仆倒,魂魄盤桓
在押房中度過歲月,沉寂無聲
．

孤寂中,遙遠,一如聽見切・格瓦拉
日後的吶喊:「直到永遠的勝利」
．

多年以後,島嶼的一處海邊
勞動的身影,暗夜浮沉
海上移工,汗水滴落返鄉的海途
多少積陳於港灣的沫浪
遲緩湧動時間的刻痕
．

這時,沉寂多時的格瓦拉
或許,登岸而來
．

現身,在一間酒館的門廊下
睜亮耶穌般疲憊卻仍泛光的眼睛
在凝固著滿身彈痕的血跡中
低沉地拉著嗓門說
「革命是不朽的」

後記:
蚵仔寮,南方工業大城裡的海邊漁港。是夜,在暗影與亮光交際的時刻,駛近兩輛巨型貨卡。壯碩的工人,原住民青年長相,在老師傅的指導下,將一箱箱的烏魚倒落地面。冬夜捎來滿腹膘或卵的烏魚,躺身層層冰砂的包裹之間,露出頭尾或腹部,像是歷經掙扎,終而躺下的海中戰士。

千年之外
——詩與提琴的相逢

這件事,期待良久
期待,你薩滿般的提琴聲
如時間的巨浪,摧毀
我的詩行,而後重組
在旋律與節奏之外
僅有浪潮衝撞的聲音

千年之外,我們將再相遇
偶然中,存在必然

這件事,期待良久
期待,你魔幻般的提琴聲
如空曠裡的驟雨,穿透
詩行乾裂的土地
在泥濘裡讓種子萌芽
一切從源頭開啟航程

千年之外,我們已然相遇
必然中,存在偶然

這件事,期待良久
期待,你躺落如母體的提琴
傷痕累累,在戰亂邊緣
驟然響起和平的聲響
在一座傾斜的島嶼
召喚止戰的腳蹤,聚首

千年之外,我們既然相遇
偶然中,創造必然

這件事,期待良久
期待,你懷抱如戰友的提琴
在這個咖啡涼了的午後
重新在冷天燃起柴火
想像街頭有吶喊的聲音
Sakamoto,詩行如你提琴的火花

千年之外,我們果然相遇
必然中,創造偶然

裂縫有光

大地震　多年後
裂縫有光
像似每一位晨起的母親
都踩著殘磚碎瓦
走向一片沃土

不僅美好的期待
而是美好的世代

在時間的　裂縫中
祝福

＃那一年9.21在裂縫中與石岡媽媽共渡民眾戲劇的日子

詩乃伊 to Kimbo

詩乃伊,用力一起歌唱詩乃伊,用心一起傳唱
回到了家鄉,在山與海之間
築起石板交疊的家屋
守候月升時,照臨的光
一如守候祖靈的　開啟
曾經迷失於回家的路
現在,就在屋簷下
守候日出時,腳下的暖
一如母親溫慰的　叮嚀

詩乃伊,你是母親的水流
孕育聲聲不息的胚胎
讓種子在粗礪的沙地萌芽

詩乃伊,你是姊妹的溫度
背著離家多時的花瓣
在山谷下種下土地的誓約

詩乃伊,你是弟兄的呼吸
涉渡萬丈溪谷的溪流
前往海口擁抱海洋的呼喚

詩乃伊,你是浪跡的腳蹤
我從來不知如何尋你
可你已在眾人的失神中
回到千年的祭典

輕輕呼喚　詩乃伊　詩乃伊
如頌詩一般　歌唱　詩乃伊

啊！千絲萬縷般的詩乃伊

後記：詩乃伊，排灣族一起歌唱的意思。2018 年 4 月胡德夫一場演唱會，以此為名。

在夜色中
──寫給客家歌手黃瑋傑

當我老去
僅剩數不盡的筆跡
如煙塵般飛灰斗室
某一個追尋意象的日午
將如期到來,讓我的想像
隨著逆流的血脈
在寫作的臨界點
重新搭起一座
時間記憶的舞台
那時,我將再次親臨你的歌聲中
在夜色裡數著星辰
等待天光日的到來

命水,你這樣唱時
青春隨著時日
從你踩踏過的田水中央
流向遠行的山那一方
在那裏,繼續讓血脈
穿越受傷的土地與河流
在你的心中,譜成曲譜成歌
譜成生命中的另一種呼吸

就這樣,當我在一趟無聲的旅途中
突而選擇兀自孤寂的老去
夜色中,會見到你歌唱中的人們
在海上旅館的飄搖中
在夜行貨車的蒼茫中

在風雨來襲的低簷下
迷失著…找尋方向
在夏日酷暑的街頭
高舉手中的牌

我們在流動中凝視
不曾改變,或已改變的
這令人在不安中
永遠騷動著人心的世界

1943，林摶秋導演

我抬頭，煙硝在風雷彼岸
瀰漫著。隔著時空的迷霧
我繼續在一幢巴洛克磚樓前
望見淒美的秋風，從街頭
從時間的日本殖民時代街頭
掃過「演劇挺身隊」旗幟的一角

落葉以一種流離的身世
在巷弄中寂寞地飄散著

我突而憶起，在失憶的年代
和無數夢境一起沉沒的身影
抑制著激動，我擦拭著書架上的塵埃
這時，角色從你的劇本中現身
在一片就旅店前，隔著霧窗
望向陰霾中兀自潮濕的碼頭

「船要開過防波堤了！」角色這麼說

你撐著黑傘，從落雨的窗緣走過
更遙遠，一面濕濕重重的太陽旗
浮浪漂流，恰如一塊攤現眼前的
裹屍布　浪潮間沉沉
隱藏著劇作的獨白

梵谷般的陽光
　　──記2008，亞維儂藝術節

陽光追逐著子彈列車的疾速
在偌大的田野間
印出稍縱即逝的影子
巨大的影，無聲的影
和時光搶奪瞬間的影
從地圖的北方朝南方
延伸而去的影

於是，我們終將抵達
但，得先穿越地理的、心靈的
以及埋藏於記憶光廊暗幽處
區隔著歐、亞之間的　界限

於是，我們在車窗外
飛掠過一畝向日葵的剎那
追逐著梵谷般的陽光
親臨法蘭西，並且，在來不及
讀完一行波特萊爾的困倦中
準備在　亞維儂　登場

是的，在藝術節的千巡佳肴中
備一碗共享的米飯吧

冬

夜昨有夢,粗礪的手掌
在烤火盆上取暖
談笑間,不忘問暖
榻榻米上的大吟釀
唱誦著黃金稻穗般的越光米

雪,在素樸的木窗外
無聲地落著

冬,之　越後妻有　大地藝術祭

沃土,鋪上一片鎧鎧白雪
埋藏著春日的潤水
溫慰流淌,彷如
母親的奶水　在燈下
紅潤著嬰孩的臉頰

村埂　小路　與　雪在田上紛飛

一隻台灣水牛　如何
穿越一道窄窄的門樓
從鄉村到城市
從彼岸到此岸
從,消失到現身

十年一夢,窗外漸天光
坐在牛背上的孩子
長大成年了
喝著清酒吹起尺八的蕎麥桑

紅著笑盈盈的臉頰
拘謹盤坐出一種豪邁

像是武松在雪地裡
留下回家的腳印

如是，想像與想念

Abierto！Abierto！
——寄予中山幸雄先生

Abierto！Abierto！
打開記憶與想像的天窗
噤默的現實在腳下
往前延伸到遙遠的地平線
一張張亞洲的臉孔
從原爆的時間點　醒來
將心磨成鏡
映照散碎在廢墟中的——
另一張臉孔

月台上　星光已亮
這世界不再等待我們

Abierto！Abierto！
打開海洋的門戶
防波堤上　一只告別的黑傘
朝向昨日航行的水域
唱著戀歌　揚起逆飛的翅膀
讓汽油彈的烈焰　化作薪火
繼續燃燒青春的肉軀
飛翔　朝向種植在夢境中的記憶之樹
用汗水般的詩行埋葬
飄過無盡之天的戰爭之碑

月台上的星光已亮
這世界不再等待我們
Abierto！Abierto！

後記：廣島〈野戰之月〉劇團製作人中山幸雄先生在廣島上八分木車站旁經營 Abierto 咖啡劇場，Abierto 西班牙語「打開」的意思，西元 2000 年，在此演出《記憶的月台》一劇。

廣島幻想書

流星穿越天空的子夜
月台上　有影來告別
並依序翻閱一頁頁墜落心田的幻語
冰凍的鐵軌寫著浪跡旅人的名字
一字字　延伸到楓葉轉紅的峽谷
輕輕的腳步聲響過夜路
行囊中　禦寒的衣物、圍巾、帽子……以及
島嶼家鄉的浪　等在時間的銀色地帶

暈眩的酒在榻榻米床鋪上洄游
暖爐重溫著相逢的體味
百年的冰簷下　時鐘敲了五響
簾幕般的紙門　一寸寸地拉開
經久躺在燈下的劇本　喃喃聲中
頌讚著　像似馳過凍野的車廂

清晨將至　服裝自道具箱飛向臥室高處
而後　緩緩降落　像夢境　像一串串魔法
套落在演員赤裸如露珠的身體上
風染紅了楓，並撫觸著男人孤獨的皺紋
讓他站著，在空中吐出一道道酒氣
化作一綑綑幻想，如詩行，鋪落靈魂的深淵
這時，冬日的稻野浮現一座碼頭
浪潮推湧，朝向墨西哥邊境的漁村
記憶之錨鐫刻格拉瑪號[1]的啟航
七天七夜、風雨吹不熄革命的爐火

風掀著楓，幾些腳色的臉孔浮現
血在不安的體內流著，焚燒著火

讓晶鹽化做筆墨,在世界的邊緣書寫:
「我獨自遠行,非但沒有你
也沒有別的影在暗裡……」[2]

(1) 1956年底,古巴革命者搭乘格拉瑪號,從墨西哥啟程返航古巴,最後贏得革命戰爭。
(2) 魯迅散文詩——〈影的告別〉。

輯三 —— 背向的風景

背向的風景
——麻子畫展

你且問,是人的浪跡?
亦或靈魂的浪跡?
那麼,那株樹?在海風中
逆著太平洋的巨浪
在畫作中現身
如刺般的枝葉
其實只是深層的吶喊
在歲月的輾轉中
在時間的無形中
在朝向孤寂陽光下
每一次寫生的背影中
無聲的吶喊,如浪濤

曾經,背著海天的色彩在叛逆少年的鐵軌上浪跡
曾經,從鏡頭中倒影出一支打破現實的鐵鎚
曾經,翻土架樑在海岸築起安身的家園
曾經,種木瓜釀米酒燻飛魚在日出日落的地上
曾經,是出生的小兒讓山在擁抱中融為一體

或許,你恰是好友筆下形容的那葉孤舟
因觸礁,竟在白日擱淺於暗潮
而後,才被一陣夜風,吹在一起
這樣的時日,鋪開一條通往銀光之路
在路上,枯葉滿滿堆積一場未竟之夢

且狂歌，且漫舞，且讓背向的風景入畫
且從一個逝去的年代
看見未來的色彩
在山和海，在劇烈搖晃的一株樹
在一淺溪流的水窪間
畫下的，都是世界
都是穿越騷動的　歸返天地的世界

後記：2020 年 3 月 28 日至 5 月 3 日，好友王智章──麻子在台北紫藤廬開辦人生的一次畫展。在他發表的寫生箚記中，一段話很能拿來形容他從放下紀錄攝影、重拾畫筆的人生。他說：「常有人問我，為什麼不再記錄，我笑笑，不想回也答不出來。」

永遠的一天

海邊,有一棵茂葉叢生的綠木
交叉的葉脈間,彷彿傳來
提琴交奏的樂音
老人的舞步,隨著
少女時的戀人起舞
沙灘留下時間的足印
海風,輕舞的詩句
任由時間更迭的錯落
穿越交織的葉脈

山上,有一支死灰般的槁木
冷冽的寒風,在天地間
遺留孤絕若游絲的聲息
腳蹤,遞來沙沙枯葉
響起的時間輓歌
憶起的,仍是愛在密林間穿梭

死亡,若天籟響起
地籟逝去,人籟遠離
吾喪我,終將在洞穴中
涉渡　永遠的一天
此岸到彼岸

如果,有一天
我們因為碎窗外
炮火後的　沉寂
在廢墟般的家中
聽著　情詩般的曲式
那永遠是　我們

所不願
我們願　永遠的一天
願　和平的每一天
有裙襬與臂彎廝守
有陽光與風雨同行
有掌心的溫度　以及

從戰爭邊緣
搶救回來的　愛

永遠的一天
永遠　和平的一天

後記：這首詩，延伸自希臘導演安哲羅普洛斯的電影《永遠的一天》。詩人問：「明天會持續多久呢？」妻子回答：「明天，就是比永恆多一天。」為此，我寫了這一首詩。

告別

《悲傷草原》，作為詩的電影
一個希臘導演　安哲羅普洛斯
從螢幕轉身走回噤聲的時間裡

再次看，還是淚流
一場內戰，如何在詩的鏡頭下表現，接近永恆
孤寂與殘酷，如霧，不斷在心裡包圍過來⋯⋯

「孩子，你在嗎？」
「是，我在。」
「我想向你告別。」

是母親向孩子不捨的道別？
是父親向孩子不忍的話別？

我已經不很在意，因為
更像似苦難記憶
向當代的召喚或告別吧！

時間，在光線暗弱下去的水痕間
槍聲響起，殘酷無止無盡

磷火之海
——一支舞的紀事

時間,隨著塞在地底的鐵桶
兀自沉埋。從來,掩飾名目
因為,身份被欺瞞者所覆蓋
這是文明處理核廢料的手法
除了最初的謊言之外
便是龐然若夢魘的喋聲

然而,倒吊的裸身
在時間的沉默處
變身為禁忌信仰下的飛魚
曬在族人門前的陽台上
也在舞台上,開始流淌出一則
相關海洋民族古老而不朽的吟唱
卻始終隱身在靜默的血脈深處
直到怒吼的顫抖臨界時
「Anito!惡靈!惡靈!Anito!」
海風,劇烈地奔襲於血脈

裸身,也能是泛靈的變身
或許,一隻庭院裡的母雞
以母親的溫度
穿上曬在海風中的衣裳
抵抗的時刻終將持續
延伸至擊石的瞬間

跌落猶站立的身體,是舞的身體,在雨中
在風中、在海底、在惡浪、在黃昏過後的漆黑

遞來磷火的訊息,如燄、如星、如火光
也一如祖靈永恆的目光,不曾眨眼

從來
世世代代
潮起潮落
從來……

2020年在寶藏巖山城戶外劇場,迎來《磷火之海》舞作。於是,有詩作一首。

行走的路上

通常是路的盡頭,人回頭
望見路剛開始的那道陽光
斜斜映落在街的轉角

於是,過往形成一場戲的序章
演員都只是沉默的過客
相互並沒有寒暄的想望
那日午,像很多日午
排練場的呼吸凝重
一齣戲,在交互投向的目擊中
開始無聲的故事

故事,竟無聲。卻不用著急
因為,故事是身體寫在大地上的謎語
當一整座城市的謊言
都自動前來繳械時
我們將用這謎語,再次以身體
去到時間的另一端
和行走在危牆上的記憶對話
編成等待一場風暴到來的場景

這時,最後等在這次演出結局
那種將行走的蹤影,分別
由身分相異的腳色
在一片離散中,面對
這殘酷卻始終被和解粉飾的世界時
劇場畫下的大問號,總算將睜大
每一個觀眾與眾不同的眼神
然則,於我而言,到底如何觀察
出了劇場以後的眼神?終將是
行走在路上的問號

母親　未來記憶

母親，回來找我
給我一張全家舊照
我，於是將記憶拋出相框之外
一如等待　未來的記憶

一張舊照
一種等待

等待，清晨時分
月台緩緩啟動的火車頭
從城市的睡夢醒來
駛向桐花白滿山坡的故鄉

穿越舊三線的七個山洞
母親，車廂窗口的側顏
永遠在路上
等待孩子的童年
在時間的軌道中
日夜輪轉　直到
孩子也已　老去

一如等待　母親
未來的記憶

燒給岳父

那一刻,肉軀選擇了沈默
無聲躺在醫院地下室的床上
桌子無語、暖燈寂然
地上的城市寒流凍冷
急診室的冬夜
收容慌亂的腳步
我們眼神凝視前方
步上送行的道途

深夜的救護車無聲飛馳
穿越高速公路
載著整好裝的靈魂
朝向殯儀館的後方
我們合眼默禱
冷凍庫冰著
告別的思念

這一刻,霧掩的山路上
捧在胸前的骨灰盒
安靜著奔忙中苦惱的人生
沈默為往生做出了　選擇
且讓骨灰植存竹莖下
來年翻土後　歸於自然
咦!雨露沾濕的竹葉間
一窩鳥巢啁啾著聲響

大樹
——為芳婷送行

大樹有蔭
妳來此　為夏日收束
最後一道陽光

準備　秋日的芒光
在收成後的稻田裡綻放
收藏一整個冬日的食糧

在來年的春日
讓秧苗在水田裡
為孩子歌唱

大樹是家
為窗下的時時刻刻
安排遠行的　回首
轉身時　又已是新生的開始

是的　時間的恆久裡
大樹是家

高粱與黑膠
——致老五

高粱與黑膠
在你的日夜間交替
我們　因此不感到孤單

旋轉的唱盤
頂住一個離散的身世
光陰　在你瘦削的側顏
寫下時間的詩行
你在時時刻刻
兀自譜出微醺的曲調

所以　高粱只是澆胸中塊壘
一口一口地啜飲
從家鄉到異鄉　讓異鄉
從此變做家鄉
因為　巫雲有巫
你是雲　也是巫

我在你的黑膠與高粱間
徘徊，我與你喝乾一杯
準備送你遠行
唱盤轉動一如今生
也一如來世，我們
因此　都不感到悲傷

因此　我們都不感到滄桑
在你的高粱與黑膠之間

映照畫布下的自畫像
像是喃喃說著:「是的,老五,我是⋯
我飛了,飛起來邀你們!」

一杯,你說一杯就可以
來日相見　和平老五

後記:適芳來電,希望邀音樂或文化界幾些朋友,到「巫雲」給老五送行。我們都有十年沒見了吧!但,聽到他遠行,我腦海中瞬間盤桓的便是:高粱與黑膠。

行走過你們家鄉被洪水肆虐的土地

我在心裡縫了一只麻布袋子
用來裝滿河床上的泥濘

我聽見春雨過後
踩進田土又拔起的腳步聲
我遠遠地聽見鞭炮、唱戲
以及圍在餐桌旁的叮嚀
這些都是記憶中
最不願消失　卻也往往
只成了抽屜裡的老照片
在社區的節慶上
偶而　被拿來展示

然而　現在我提著心底的這只麻布袋
行走過你們家鄉被洪水肆虐的土地

一粒種子掙破濕黏的泥
發出了吱吱喳喳的…哦
原來　是學童在元旦晚會上
歌唱、舞蹈以及無所禁忌

迎向日曆上新生朝陽的嬉鬧聲

愛，在病毒蔓延時

轉進那道隱形的門
我們，即將迎接一個新世界的到來
並非不可能，只是受難的人們
在全球化犧牲體系下
將如何以絕望的眼神
望著這個世界的幻滅
以及，在幻滅中苟活的利潤？
且拭目以待
一方看不見的門
隔開兩個世界

愛，在病毒蔓延時
將成為窮困者的渴望
病床架在資本的高櫃上
進得了門的，慶幸生存時
日子，將在醫院門廊外的街道上
留下死亡的氣味，甚至不留印記
這是文明預知的死亡紀事

下一次，我們且謹守誓約
在共同的一抹冬陽下
曬著抵拒這失衡世界的抗體
一如，攤開文明貪婪的病毒
在初始的一片苔原面前

但，問題是：貪婪已在世界
為病毒安置了舒適的溫床

說故事的人

說故事的人，說了
一個日常的故事
最後的結局
是一個孤寂死去的年輕靈魂
他的獨白，或將出現在虛構的小說中
或將成為埋藏在書中的一則寓言
但，總感覺他將從文字中　出走
回到說故事的人　身旁
和他相依一整個生命的季節

因為，故事已愈來愈遙遠
而世界變得愈蒼涼
只是人們難以從網路上取得
蒼涼世紀的沉重資訊

於是，前往說書人的記憶中
盜取一支時間的錨
讓故事的船飄蕩洋面
帶回水手離鄉時的背影
以及，那空間中，無從度量的旅程

其實，故事已被關進黑暗裡
在關機的電腦螢幕內
無從追索一顆種籽的命名

於是，跟隨田土裡烙深的腳印
像是走在永恆時間中的
一陣風，或一株稻穗
消逝或收割，都始終是

另一個故事的開始

於是，農夫問路過的人
故事在哪裡？路人指著
沾滿泥濘的腳底，不發一語

說故事的人，回到那百年榕樹下
他準備說一個尋常的故事
卻發現老樹根，不尋常的蠕動如巨蟒
將他緊緊纏繞，吐納地底最深的肺活量
並且發出，世紀以來最最懇切的聲音

說著：「留下來吧！留下說故事的每一刻瞬間！」

時間之外
　　──寫給南洋姊妹

因為,時間只是一種紀錄
我們不想再次停留
便從容地向前走

回首,記憶像錯落的鞋印
在旅程中奔馳
奔馳,也不忘駐足
在一面牆下,植入新生的種籽

奔馳,在時間之外
在記憶裡,在當下在明天

在南方,終而蔚為一片曙光
照亮南洋姐妹微笑的側顏

送行
──我的母親

捧著妳的骨灰
順著母親之河淌流而下
在南方的渡口
你的魂,轉作新生的音符
在淙淙的河水裡
自在地歌唱
我是你歌聲中的轉折
在一陣起伏中,迎來
青春的合唱,不曾中斷
迎來織衣的歌謠,如妳的歲月
遠赴天邊與海角
且深埋內心
一如妳熟悉的叮嚀
一如,世界的新生

這時,晨霧中的波瀾
似母親初醒的雙眼
悠悠地　凝視
凝視著,若眷顧的燈
從海面明滅著
召喚

遠行
──致 塔農 Thanom

遠行,竟然那麼近
像似抽一根菸的時間
已經來到你跟前

送行,竟然那麼快
像似剛喝一杯酒
便匆匆出了門去

此後,將沒有嘆息
沒有朝夕的恩怨
也沒有時間的綑綁

此後,江河與陽光
在你的眼神中恆久
掠過林間的每一陣風
化作你無言的詩句

記得我們的足跡
走在回家的山徑
記得,我們笑了
哈哈笑著,成為
彼此難忘的　一首歌

記得你活著的時候
記得你往生的片刻
記得,你行路中的來生

記得,那一夜
我們盡情喝著
一杯又一杯

直到永遠的酒

簷下
──秋分思父親

記憶宛若一條長河
時而悠遠，更多是匆匆
父親，坐在一把他自己編織的藤椅上
一切都安靜下來，只剩
他訴說自身生命的往事
恍若一場夢境一般
我的童年，在他的腳踏車後座
繞著棋盤式的街道
挨家挨戶，直到雙腳都已痠麻

更遠的，父親的藤椅宛若輪船
浮浮沉沉將他盪向異鄉
為了一場生存的航行
在海途中，夏日暴雨後
瘧疾如瘟疫沖刷他單薄的胸臆
已失去知覺，仍強渡著鬼門
在一口夜深的井前
掏了一口月下的泉水
活過來，只為及早趕返家門

時間真如一道長河
和天下憨實寡言的男人一般
父親，並未說多少話語
一生便走到幾乎的盡頭
最後，以一種夢的場景
前來我的文字世界留下彷彿的影像
在客家的簷下，他坐著

窗外的天，漸現天光
彼時，他逐漸在事實中消失
留下一個勞動者的身影
於風吹落葉般的時間感中
客家的簷下，他坐著
夏日午後的光，飄著塵埃
他的胸口，印著所有勞動者一般的
一抹清影，或者，一抹沉沉的暗影⋯
多年來，我來不及知曉
或許，來年清明
在墳頭　和他敘舊聊聊

後記：父親一生志業，便是親手編出整個城市裡，最牢靠實用又美觀的藤椅。二、二八前一年，他和母親從三義家鄉搬來台中，做藤椅生意；這之前，太平洋戰爭爆發前後，他遠赴橫濱和我的姑丈學藤藝。他逝後這 20 多年來，我常於書房裡或客廳中，坐在他生前編織的藤椅上，思及他的種種⋯⋯腦海閃過的容貌，彷彿再現舊家巷弄裡，一個又一個清晨，他手持掃把打掃門前的景象。

當我老去的時候

當我老去的時候
而我，真的已老去
願　佇立於時間的彼岸
被你凝視，或望著你
如一座倒立的　時鐘
在時間的此岸

當我老去的時候
而我，真的已老去
願　埋身於詩行的角落
被你閱讀，或閱讀你
如一本無限的　詩集
在人生的路上

當我老去的時候
而我，真的已老去
願　淌流於河川的下游
被你沖刷，或沖刷你
如一片浮沉的　葉子
在天地間穿梭

而我將永遠伴你，直到死去
並且在懸崖上
伸出奮力的手臂
拉起被犧牲的每一刻
在那時，我們將一起
坐在溪流川急的岸邊
垂下雙腳，任時間激盪湧過
彼端的岸上，恰是一棵
茂葉叢生的大樹
青春攜手奔赴

書籍

塵埃　在我的左心房
無聲無息地飄散
直到覆蓋住一面旗幟
直到旗幟旁　那一片片
雜亂堆疊的磚　擋住
我愈形模糊的視線

是夜　有夢來訪的子夜
我發現疲困的身軀
竟然不安地　躺在
散落一地的書籍間

夢中　在書籍和書籍
形成的暗黑曲徑中徬徨
翻開一冊被雨水浸濕的書頁
滿滿書寫著的　竟是
從未面世的告白

於是　我離城而去
於是　我奔走他鄉
在不一樣的城市中
在不一樣的書店裡
閱讀著書寫不盡的
和人世一樣說不盡的　告白

說是　書籍盤據每一具身體裡
就像盤據在這世界的光景中

浮影

回想
養老院的陽光
像一頁又一頁
翻過去又折回來的日記
曾經彎曲若河的記憶
現在都化作探望中
心底的一處 泉
在人生的角落　湧動

時間　若稍縱即逝的廊道

平行的世界

我來到你的世界
你來到我的世界
這世界是平行的
卻有上下兩世界

世界啊！這平行的世界
倒映出兩種身影
上面的只要躺平
下面的奮力展翅

世界啊！這平行的世界
我逆著風往前飛
我不畏風雨阻攔
飛來同你相依靠

世界啊！這平行的世界
我從下往上飛翔
你從上往下觀看
交會出一個世界

除夕 2024

一叢梨花　開上天空去
也為土地留下　春之獻禮

還有孩子呢？在趕回家的路上
一個母親醒來　睜開眼睛
　總有　時間留下的回憶

穿越季節的遞嬗　日子
在年節轉換的渡口
為你召喚海洋般的提琴聲

或許　琴聲終將是
逆風之花　為世界捎來的祝福

除夕 2024

門
──寫給逆風少女

門,囚禁著身體
心,等待心門打開,迎接出了門後的青春
然則,逆風的時光中,青春靈魂何在

地下室,密閉、幽暗、潮濕的角落
我們睜著明亮的雙眼
然則,四壁都是暗黑
一線光,從牆角斜射進來
映現出兩扇門
外在的門,封禁
內在的門,隨之緊閉

時間,在禁錮中腐朽
青春,在霉味間枯萎
突而,芒草在秋日的旱溪間　翻飛
風,卻從上游襲來陣陣清唱
青春,在亂佈的石陣間　舞蹈

門,可以開,可以關
開了門,你聽見這世界的琴聲
像溪流,像海洋
像黎明朝陽下的山風
吹著你逆風的身體

你往前,騎著孤單的機車
往前,我陪伴你同行
讓你不孤單,溪流,大海,山風

還有一起長大的記憶，都張開臂彎
像港灣，像點亮著燈的家，擁抱你

一場夢，我在緊閉的門裡
雨水不斷湧進，淹沒了床
破門，眼前一片大海
泅泳，在大海裡
看見遠方的岸上，有一群逆風的少女
無聲地朝我喊著，下一刻
逆風的女孩，在岸上
彈琴、唱歌、跳舞⋯

我游向你們，游向岸上，和你們一起走一段很長很長的路

後記：多年來，劇團在少年輔育院開展戲劇教育，和逆風少男少女共同以劇場探索身體與邊緣青春；詩，雖遠猶近，帶來的是：一扇扇開向大海的門窗，希望如此。

錫箔紙背的詩行

陽光不經意底灑落棋盤式街道，
那個讓時間冰融的冬日午後，
殖民者的記憶，像溽濕的被單，
緊緊底包裹著島嶼的族群生息，
在城鄉、在山、在海邊……
在無從明虛實的媒體間，
被壓縮，然後變形複製，再複製，
成為一句句炫麗的政治口號，
流傳於大街小巷之間。這時，
我想起了你——Eman…一個
詩人，從帝國大廈縱身而下，
將飄散滿天的晦澀詩句，統統
付諸水流；而後，在工人的街頭
行動中，撿拾民眾身影的知識份子。

曾經的 1970，不再回頭的世代，
嬉皮早夭，革命者誕生，每一個
困苦生命貧窮的早晨，你拾起槍；
每一個瀕近死亡的夜晚，你從
菸盒中抽取、細心底抽取錫箔紙，
當你動筆，詩行轉喻為子彈，
似預言，射向全球化虛擬的天堂。

於是，我閱讀…閱讀你的詩行，
你的死亡，流血般的天使；以及，
你那因被出賣而轟裂的頭顱。

這一刻，口號猶如糞水，
在政治的便坑裡……。

祝福

祝福,在長河裡飄過一行詩
稍縱即逝卻已近永恆
在一片晴空的倒影中
映現時間留下的記憶
無語,只需凝視
堆疊起無盡的瞬間
都是蠶絲般的綿延

祝福,是城牆留下的苔痕
看似古老的腳印
卻早已有了新生的悸動
髮,若森林般迷離
幾十載,都引領前去探索
雖有些轉白的跡象
卻永遠真切如初

祝福,是一雙腳踩過
留下彼此的印記
從年少的青春
傳遞來熟悉的哨聲
呼喚初老的曲徑
聽啊!在共同的回憶裡
時間的長河,悠悠飄過
那首一起譜寫的詩行

是在這祝福的每一瞬間
我們忘記時間的存在
曾有彼此,想念一直是
光與暗之間,共同的留白

一個人不斷地抄寫

一個人不斷地抄寫

黃昏已經暗弱下來
那個忘了餵貓的老婦人
走了滿是荊棘的山路
從城鎮的一方找尋嬰兒的哭聲
在四月早春的孤寂中
為自己和養老院裡幾乎老去的靈魂
編作一曲新生的音符

然而　伊並無意留下任何痕跡
在時間的灰牆上

只留下　一個不斷抄寫
廢墟中被掩埋姓名的母親
只留下　一個忘記抄寫
自己生與死的女人
在時間的踩躪中

忘卻幸福與苦難的涉渡

輯四 —— 共同,在詩行中

殘響,即是傳唱
——為 3.11 家園獻上

殘響　其實已轉化為傳唱
雖然　我未曾抵臨
然而　我始終抵臨
畢竟　只有一盞薄薄地
守在內心的　燈
透過電腦屏幕的玻璃視窗
傳達著無從行動的關切

這個破曉我醒來　想像
時間　停滯在沙灘上
一座百歲外婆的先生
在百年老屋裡傳下來的時鐘上
刻度恰是午後 2:46 分
我用清醒的清晨　對比
那村莊被狂嘯襲捲而去的瞬間
竄入斷垣殘壁的一陣貓影
握住生命最後的喘息

斷裂的防波堤　留下
遠去天邊的足跡
浪潮　是送行的音符
祈禱的聲音在裂縫間
傳來未知的期許與願望

是殘響?或已成為誦詩
在風中傳唱一聲聲歌謠

夢見　一座傾圮的電話亭
父親播無盡的號碼給女兒
窗玻璃外　扶起斷裂自行車獨輪
微笑著　騎上天邊的背影
裙角飄著家鄉孰悉的印花
雲　是驛站　且停留
天　是恆久　且野營
星星亮著一頂大帳篷
永遠隔開了散去的　輻射線

殘響，為311家園獻上

來到邊境

清晨　城市的綿雨
預示股盤　交匯著
資金市場神經密佈的曲線

於是　地圖遠處的邊境
也是清晨　炮彈在貧瘠的沙塵上
遺留下　瘦骨　屍身　兀鷹的盤旋
以及　被砲火般的暴風　襲捲
終而　失去臉孔的人們

就這樣　我越過的邊境
在綠燈亮起的繁華街口
眼角映著高樓落地窗裡　隱約
揚起的慾望裙擺　以及
一張象徵飢餓兒童的大型　海報

我不習慣閱讀世界的苦難
像似搭乘地鐵　進站出站
以及　無從辨識的抵達
所以　出發的前一刻
最好　便自知終站無盡頭

僅存邊境的鐵絲網
隔開
沙塵後　流離的奔跑
隔開
這邊　一個母親慟哭
那邊　一個女孩痛訴

在世人的目睹下　繼續
切開烙著燒痕的　心扉

2017 年以巴衝突作詩。2023 年血腥衝突引發戰爭,再次重寫。

記憶與想像

記憶之跡

沿著一道暗黑的牆
逆著風仍然前行
在一處無聲的轉角
蹲下來聽自己的心跳聲
於是,分辨著自己的
以及來自牆的那邊
無數已然終止
或者,仍在斷裂邊緣剎那
最後的心跳聲

這是輾轉床側
夜半醒來
仍然很想留下的幾行字

其實那牆外的子夜
一陣急馳的車輪呼嘯而去
留下我的孤寂,在足跡間
像是踏進牆內
時間之牆的以內
在血跡間盤桓、顫抖
留下槍聲交織的悲歌

這是我們如何走進肅殺記憶的時間之跡

想像之翅

大樹下,讓記憶回來
這是時間交代的一次旅行
我們已備妥行囊
把童年裝上
遠遠近近都是歡笑的聲音

童話書翻開
陽光在影子錯落的午後
為我們書寫一整個未來
想像的翅膀
因此,翱翔著一首歌
一首時間之歌
唱著:不會忘記
我們不會忘記地上的血

然而,想像的翅膀已然飛越無盡的天空
然而,無盡的天空已然映出
時間畫下的傷痕

在加薩,我聽見想像之翅
為孩子的靈魂　唱一首
新生的歌

冬日，在德里
——記一趟未曾結束的旅程

冬日，亂了套的刺骨寒風
從喜馬拉雅積雪的頂峰
咻咻來襲，夜晚的盛宴中
我們圍在爐火旁
邊飲下蘭姆酒，邊在
嚐盡一塊烤肉的餘香時
思索如何處理一樁知識的命題
例如，後殖民在印度、在亞洲……
又或，在帝國的風暴核心

離了知識的園區，冬日
在難以想像的冷峰中
隨即混入一片離亂的街景
日午，一道陽光穿越一片危樓
在陋巷口，從腐臭的魚肉間
照亮一只蒼蠅發光的翅膀
殉難者般瘦骨如柴的一副身軀
恰在眼前這名乞丐的襤褸間
烙印著新世紀的　遺言？

於是，我們相約搭乘地鐵
前往人間若煙塵的市中心
在未知的巷弄間，行走
如一迷途的旅人。唯有
擺盪胸臆間，那張陌生的心靈地圖
導引著，朝廟宇的滌淨中
一階又一階登上朝聖者的天空

又一階階地,往塵世…步向
人力車夫淌過汗水的馬路
便不經意地發現:暮色已然降臨
歸返的腳印,也已在時間的退潮中
不知被沖向何方?

只因,這一趟未曾結束的旅程

千年之遇

一粒種子
在祖先的土地種下
夏日蟬鳴
在孩子的嬉戲間交奏
為新生祈福

一粒種子
在家鄉的土地種下
秋風落葉
在中年的返鄉中沉埋
為沉潛祝禱

一粒種子
在未來的土地種下
冬寒蕭索
在母親的眼神裡匿跡
為離散安頓

一粒種子
在當下的土地種下
春天來了
在我們的相遇時流轉
為共同再生

島嶼　一粒種子
種下　直到永恆

直到　千年之遇

心房

1

那人借用了你的雙腳
還選擇了你的律動
在黃昏時,依著你抬頭的方位
在夜空中舞出星辰的方位
然而,那是未完成的一個轉折
恰若凝視著城市
在來不及回頭時
已經拆卸完最後一片廢墟

而你就在廢墟上
才得以望見星辰,明滅之光
閃過你的心房

2

來吧!穿著你心愛的衣裳
帶著你的紙和筆　還有路徑
穿過捷運出口處的人潮
一如涉渡時尚風潮的門檻
舊的,被放進冰冷的展示櫃
新的,被點燃如炫亮的煙花

如果,你靈魂的背窩裡
藏有被遺棄的人的溫度
將這溫度攤在城市面前

3

如果,城市還有脈動的心跳

沉默的曲徑
瘖啞的疊樓
荒涼的斷面
都在瞬間的躍動中
即刻凝聚了你的目光
並且，蒙住你輕易的快門

來吧！穿越那攀繞於時空邊境
在幽雅或好奇的視線中
被一掃而過的裂縫

4

從這裡，一面鏡子裡
映照著殘局的美好
讓我，得以提起勇氣
用聲音、用詩歌
去吟頌臉上的沙塵
還有，恆久一如諾言的皺紋

那人走來，和你共享一處心房
用生了鐵銹般的足跡
踩著不願被遺忘的
遺忘

用生了鐵銹般的足跡
踩著不願被遺忘的
遺忘

藝術家林舜龍於寶藏巖國際藝術村完成「心房」公共藝術一件，以詩一首回應其創作。

紀念

紀念沒有寫詩的日子
文字化作塵埃　佈滿書桌
書桌想像自己是一畝春田
在收成後　被鐵犁翻攪
於是塵埃便轉成糞土
留下耕作人雜沓的腳印

紀念沒有演戲的日子
舞台化作天空　星星閃爍
星星想像自己是一口老井
收納著水滴、豪雨與瞬間的閃電
便有孤獨的身影駐足
在聆聽、凝視

紀念沒有姓名的日子
就像城市轉角的一陣風
在身裡身外　召喚被時間
被消費慾望瞬間奪取的
一行字、一張影、及一聲吶喊

紀念盛世　倒不如在鏡像中
還原殺伐的真相
因為　煙花盛放的子夜
恰好遮蔽了傷亡者的臉
期待和我們一起化作
沒入廢墟中的一線芒光

紀念，沒有紀念的日子
在翻閱失去時間的紀念冊

有我們共同和孩子、和新生
朗讀一片晴天上的翅膀
為著明天過後的明天
寫下愛與和平的詩行

海岸線

海岸線　海天一線
一株垂死的枯木
幾乎脫去全身的葉片
和炙烈的日陽
訴說一則生死的故事

曾經，遠遠的沙洲上
藻礁和水流　吞吐著
相依相偎的聲息
我這樣迷失
在一片景色中

迷失　在烈日下
一片靜止的海平面上
海風彷彿吹來
在時間中　沉落消失
一如這非假日的小鎮

一位戴墨鏡的男人走過
他是旅人　遊客　或者一直
在等待中的走私客
忘了我們的生與死
就像忘了沙灘上的足跡

深陷　錯縱
在白晝間兀自蒸發的
海岸線

野草

秋光裡,泥濘中深陷的一只腳印

無聲地,訴說自己的方向
其實,這是人與土地
最為日常與尋常的　對話

這世界爭執時留下的足跡
也已遠去,或被雨水抹去

只是,非常清楚的一種沉默
跟隨野草
所留下的腳蹤

等待

1960s 台中公園
也是一個寂靜的周日

在時間中,等待記憶

我會站在這棵樹下
再次用鉛筆素描我的童年
我記得火車從鐵橋上通過
那是童年悶如蒸鍋的下午
記憶,在等待中現身

我會在這棵樹下
等你帶我去坐火車
舊三線穿越七個山洞
在龍騰斷橋旁
時間緩慢下來

記憶回返
樟腦香溢滿的　家鄉

登島

對抗的記憶
在時間中
風化成層疊的暗澤

隨著海的遼闊與浪的強勁
軍事構築的日常異質
在轉化中糾纏

浮現在地景的現地創作中

啊！島嶼在晨起時
清理結痂的創傷
朝向恆久的
浪平
抵岸

我問

這纏繞的樹根
埋藏著多少
未知的記憶
我問

在未知的路上
相遇的　竟是另一個自己
風塵僕僕　差些便擦身而過

而我回頭　時間中
他駐足　大榕樹下
童年　是風起的一張圖像
在夢與現實的邊緣徘徊
路有多長　我問

他沒吭聲　表情不見陰晴
眼神在清澈裡映現一張湖泊
寬廣千里直入雲霄
岸邊　卻有沼澤與青苔
附著泥濘　遺留我的足跡
雜沓中　顯得奔忙
路有多長　我再問

在這個尋常的週末午後
我回到多年未歸的旅程中
只有盤根在靜止中　纏繞
深邃無聲　像似在問我
天地多長　路到底有多長

我在盤根下　漸漸讓消逝的
重新在記憶的未知中
留下未來的　痕跡

一些

顯得異常平凡的日子
他決定不再總是依循軌道的旅程中
繼續一趟接續下去的旅程
不免顯得落寞
卻　也有一種承諾
給這個破碎的世界

一些屬於自己的靈光
就算　都已歸於暗淡

一些殘餘的時間
在書桌轉角的灰燼中　等著
一些凌亂的手稿
在抽屜堆疊的文字中　騷動
一些沒來得及寄出的書信
在時間的長廊　遇劫
一些失去膠捲的底片
在曝光的記憶　復活
一些不屬於自己的
都在長鏡頭前逐次崩解

直到一無所有
一些屬於自己的
都融化為沙啞嗓門的一行詩

所以　詩不是偶然　而是奇蹟
希臘導演安哲羅普洛斯這樣子說
但　詩其實是偶然　也是奇蹟

因為　相遇
一些奇蹟與偶然
必將　相遇

晨泳
——2007,亞維儂演出的一個休息日

搭火車南下馬賽
海港,鮮魚在漁人的攤板上
等待顧客的光臨

沿著防波堤,往前
遇上兩位伊斯坦堡來的移工
相約躍下港口戲水
像似時間裡,季節在
血液中唱著夏日的歌謠

回收記憶,期待
這是未來未知的另一個日午

遊蕩

大寒將至
陽光草坪的大樹
一如往昔，在風中
和落葉與野草
問暖

然而，時間將如何解開一道門廊的鎖
讓少年在徬徨中
點亮暗中的一盞燈
照亮老人前行的腳步

如果，老人是大樹
那麼少年是風和野草？

如果，少年是大樹
那麼老人是野草和風？

如果，你是一盞燈
誰在黑暗中？

如果，你在黑暗中
誰是那盞燈？

晨泳後，遊蕩
在大寒將至的
問號中

臘肉

易經記載：晞於陽而煬於火，曰臘肉
亦即：生肉先曬乾再用小火烤一下，是為臘肉

冬游後
返家途中
陽光灑滿
途遇臘肉
竹竿上，掛著兩千多年歷史的肉
大寒遲至，只因
春節步步近了
但，時間在奔忙中

沒錯，遇臘肉
有感

為忘朗讀
──致吾友信行與正慧

寫詩，為了記得
誦詩，為了遺忘
記得和遺忘，都是記憶

決定與友一起，為忘朗讀
不知他會作何感想
但，其實只須有詩和樂
將再敘老友之誼

老友，漸生白髮
許久未見，疫情下學習孤獨
老友愛人，常懷東海岸家鄉
一個村莊裡待人的關愛
像蔭，烈陽下的樹蔭
任何旅人皆來歇息
像葉，秋日清晨五節芒上
飄飛在朝陽下的露珠
晨已醒，蕭索轉

時間，便在這裡停留
在這樣的瞬間，有了恆久
四季的歌謠，繼續傳唱
從這個村莊到下個村莊
從下個村莊再到另個村莊

我在頌詩的某日抵臨
老友，你或將攤開手上的行囊

開始交奏琴聲，無意間
便聽見遠山捎來傳唱的歌聲

那是獻給青春的歌聲
是河流，變幻作熟悉的樂章
於是，等待的是老去的安好
是天地，瞬間在孤寂中無聲
卻在時間的簿子裡，成為未來的聲音

我的聲音，在沉沒時，亦將沉默，永遠

莫忘，為忘朗讀
便是在時間中，朗讀

若可以

若可以
蒼松與我隨行
步上返鄉的道途

天空無盡
天涯　在身體的
每一瞬間

若可以
呼吸隨年輪
在天地間　倘佯

寫詩

給自己一種情境
藉以讓一個角色
在救贖的祭壇上輾轉難眠
醒來時
菸霧迷漫的酒館中
一名膚色如岩礦的妓女
在巨碩的乳溝前
兜售贖罪券

這樣的敘述
其實是另一種文案的想像
到底又碰觸了靈魂的哪個危梯呢

那麼　給自己一個窗口
讓靈魂懸索而下
恰好隱身於石牆後
窺視卡夫卡寫作時
拉著穿越一個又一個城堡的影子

這樣子　據擺盪的繩索說
也不過憑添一樁
布爾喬亞的意象營造罷了

是嗎　那就不妨給自己一副身體
用來將行動悉數收回或回收到
記憶及幻想的公社裡

這是詩給寫詩的唯一提醒
在詩已然陷入沉默的深夜

心中一聲鳴笛
擱淺的輪渡在防坡堤外
在兀自悲傷的碼頭
留下一雙濺起水花的
足印
是詩
詩是消失的黃昏

輯五——。

外一章　詩劇——告別，到南方去

告別，到南方去

夢見乾旱之地，一陣焚風

醒來，僅剩殘骸，焚燒後
一雙靈魂的翅膀，從牢禁中飛翔

這是格瓦拉，那是全泰壹

他們的告別意味著什麼？
一個問號？再一個問號？
無數個問號？千百個問號？

在妳的深處，跪著
一個悲傷的小孩
如妳一般，望著我們

僅剩聶魯達的幾行詩
在雨後濕潤的門檻前徘徊
空氣中傳來男人低沉的嗓門
是中年過後的格瓦拉
是美麗青年全泰壹
沉沉若大提琴聲的啟奏

告別，到南方去。
南方，是革命的象徵
南方，是犧牲的象徵

這樣的戲碼，意味著怎樣的當下？
我也很想問自己
死亡與新生　在同一瞬間

都在身體裡召喚著
知與未知

這是告別，是嗎？
我問自己　空氣中
傳來隱約的呼吸聲

那是靈魂回答死亡的聲音
有著燃燒的焦味
有著一雙眼睛　微微睜開
看著這殘酷殺戮　卻永遠
作為說辭的世界
有著　一齣戲　當下的詩行

這個劇本,融合敘事與重現兩種元素。當敘事發生時,隨著鋪陳出格瓦拉與全泰壹的事件;當場景發生時,現場出現當時的景象。前後透過魔幻提琴聲,導入當下與過去時空的交會。

FAREWELL, LET'S BOUND FOR SOUTH

〈告別,到南方去〉詩劇
劇本創作　鍾喬
協力編劇　田相培(韓)、符容(台)
前言:這個劇本,融合敘事與重現兩種元素。當敘事發生時,隨著鋪陳出格瓦拉與全泰壹的事件;當場景發生時,現場出現當時的景象。前後透過魔幻提琴聲,導入當下與過去時空的交會。

[人物]
旅人 A+ 壹格瓦拉女兒／全泰壹妹妹　符容(台)飾
旅人 B+ 全泰壹的母親／格瓦拉妻子　黃美愛(韓)飾
旅人 C+ 生前的全泰壹與格瓦拉　田成昊(韓)飾
旅人 D+ 全泰壹與格瓦拉的靈魂　梁偉傑(港+台)飾

序章　朝向未知

燈光漸亮,舞台上空無一人。

詩人:我現在在這裡嗎?黑暗中,這個時候,你也在這嗎?

燈光逐漸轉小,直到全暗。
燈光慢慢亮起,嘈雜的大提琴演奏訴說著思想的混亂。旅行者 A、旅行者 B、旅行者 C、旅行者 D 站在各自的軌道上。所有人都保持著靜止,沒有任何動作。就像人體模型一樣。音響裡傳出聲音。

詩人:你相信看不見的存有是存在的嗎?而死後即如同這些看不見的存有,不再存在了嗎?

燈光變暗,四面一片漆黑。

詩人：在這片黑暗之中，他們就不存在嗎？當他們不被看見，他們就死了嗎？

嘈雜的大提琴演奏訴說著思想的混亂。當燈光緩緩亮起時，所有人都一動也不動。就像人體模型一樣。

音響裡傳出詩人的聲音。

詩人：本來什麼都不是，所有的死都有其意義，死亡就是永生，消失只是幻象。

燈光變暗，四面一片漆黑。

詩人：他們消失了嗎？他們死了嗎？他們什麼都不是嗎？你怎麼認為？

漆黑之中。一片沉寂。出現微弱的光芒。隱隱傳來不安的提琴聲響。聲響中，帶來四個城市旅人；他們在一趟旅程中，尋找自己的腳色。四個人物在穿越光與暗中，朝前走來，似乎又不知方向為何。一趟魔幻的時空旅程，恰發生中。

身體行動：四人在各自的軌道上，以正常速前進或後退

旅人C問：往哪裡去？
旅人D：一趟旅程。
旅人B：往哪裡去？
旅人A：未知！朝向未知的旅程。
共同（交叉敘事）：未知，是哪裡？我們只是四個旅人。超越現實，在時間的彼岸，轉變成告別家人的兩種受難者……
旅人停下腳步，互相凝視，穿越彼此的身體，像是打開一道道門，彼此惑問。
旅人C問：故事呢？
共同（交叉敘事）：在時間中，燃燒得只剩灰燼……。
旅人D；人呢？
共同（交叉敘事）；在我們的身體裡，在被這世界遺忘的身體裡！
旅人A：所以呢？我們在哪裡？
旅人C：在告別的分分秒秒裡！

告別母親（關於全泰壹）

靈魂在舞台上。母親從舞台的斜角走進來，手臂上掛著一件衣物。她在空間中找尋，口中喃喃碎唸。

母親：「你在哪裡？你在哪裡？」

而後朝觀眾問，像失神似地：

母親：「你們有看見他嗎？我的兒子！我來找他……他已經死去很久了，他應該早就被這世界遺忘了！那又有什麼關係？無論如何，我必須在時間的空隙裡找到他，他很久沒回家了，他怕冷……歐！我是說，我怕他會冷……」

此時，泰壹在後方出現，地上擺有白色紙捲，他在紙上用身體寫遺書。泰壹以身體書寫遺書，泰壹靠向母親，和母親相遇，母親揪心撿起地上衣服，泰壹舞動遺書。母親移位至投影的遺書前，噩夢般驚恐。

妹妹從另一側出現，手持一朵花。漸像枯萎一株樹，移動向靈魂，靈魂將花咬在唇間。靈魂前來和泰壹身體糾纏，泰壹像似傾倒的樹，靈魂像一陣狂風。靈魂與妹妹在風中飛翔；泰壹與母親陷入囚禁的身體裡。最後，四人像輪流死去又活過來的家人。

飛翔的靈魂與妹妹回來看母親與泰壹，他和妹妹回到小學生時候，一起玩耍，母親和靈魂在一旁看著。

母親：「吃飯囉！」

一個暗幽室內，天光照射進來。母親與妹妹在一場祈禱的儀式中。全泰壹和靈魂凝視彼此，而後全泰壹象徵地取出打火機，象徵地澆下一桶汽油，他看著靈魂燃燒，將地面的遺書白紙捲纏在自己身上。

影像：【不要讓我白白死去。要勇敢些，媽媽。請完成我已經開始的事業吧。】全泰壹—1948—1970

而後，其他三人進行一場舞蹈的傳統儀式。

一場祈禱的儀式發生著。泰壹擊鼓，像似為一場即將發生的告別發

問,影子以身體回答

母親與妹妹去幫泰壹穿上母親留在地上的衣物,泰壹穿著衣服離去,母女轉身去備茶。

母女備茶,靈魂起身飲下茶水,泰壹與靈魂兀自在空間中以身體找尋機械般勞動的暗黑記憶(配音)。生前的全泰壹進來,與靈魂共同處在暗黑的紡織工廠裡。兩人在勞動的身體中,受盡折騰。最後,轉為兩人戲耍,形成背負騎馬打仗。

靈魂:你受盡了折騰!
泰壹:應該說是你吧!
靈魂:你和我還不一樣嗎?
泰壹:所以,是我們受盡了折騰!

靈魂久久沉默,稍稍顫抖身體。泰壹跟著靈魂抖動。相互戲耍,兩個人就像在玩騎馬打仗遊戲的對比,靈魂開懷笑,泰壹很辛苦。兩人在(生與死)中,驅動身體,笑聲不止⋯⋯。

泰壹:我已死了!
靈魂:不!你的靈魂還活著,這不是你希望的嗎?
泰壹:我希望的?
靈魂:什麼?你已經忘了嗎?

靈魂彎下身去,撿拾一些殘存的記憶,在場上移動。泰壹站著,有一段獨白。

泰壹:對,是我忘了。在最後的詩行中,我說了什麼呢?容許我在靈魂面前朗讀我生命的最後遺言。這詩行沾著底層受苦的人的血,訴說了我最終的心願。

母親與妹妹奉茶,放在椅上,燈光照射下來,泰壹從另一端看著舞台上的一杯茶。靈魂在白紙後方有喝茶的剪影,母女隱身到舞台後方。母親出來收茶。妹妹拿花繞場移動,母親邊收茶具邊朗讀。

母親朗讀:我要談的不是別人,而是我那兒子的事,所以我的心像被撕裂一般⋯⋯沒有任何語言能傳達我的心情⋯⋯但是,因為我不能忘記泰壹的心,他的心在我的心中燃燒。生活在地獄那樣痛苦裡的人們以及勞工啊,泰壹熱切希望

你們早日擺脫。
所以我必須說出我的想法。泰壹在自己的日記裡，從來沒有把工人和他自己分開過。泰壹一直遭受的痛苦就是工人遭受的痛苦。他自己就是大家中的一員，而大家就等於他自己本身。
因此，我認為，我是泰壹的母親，同時也是你們大家的母親。我希望你們大家也抱著同樣的心情

妹妹：他有來和你告別嗎？
母親：有啊！在夢裡，和我告別；我沒阻止他。
妹妹：為什麼？
母親：我從他的眼神深處，看見燃燒的火焰……。

轉換場面與速度
妹妹繞場將花放在《勞動法》，伸手想去拿《勞動法》，靈魂突而搶身過來。取走灰燼般的那本《勞動法》，妹妹追上。全泰壹看著花，靈魂追至泰壹跟前，泰壹取走《勞動法》。母親說一句話。

母親：這是你最後的決定嗎？

泰壹朗讀遺書的最後兩行詩。隨後，默默看著歸來的靈魂。

泰壹：為了無數正在凋謝的生命，我要鬥爭，化為一滴朝露。

靈魂進來。妹妹（女兒）進來。

靈魂：全泰壹1970年11月13日。你超越了，你自由了，飛翔吧！
母親：全泰壹1970年11月13日。兒子，我會繼續你的志業。
妹妹：全泰壹1970年11月13日。哥哥，我會隨你飛翔，朝向天明。

全泰壹讓自己的遺囑，飄在空氣中，展開一場身體儀式；這時，靈魂過來，在他身旁輕輕飛翔。母親與妹妹參與靈魂的飛翔，而後轉身朗讀遺囑。

母親：我為此遲疑和苦悶了很長時間但在這一刻，我下定了決心我必須回到我貧窮的兄弟姐妹們身邊，回到我心靈的樂園。

妹妹：回到和平市場中那些年輕的心靈中去他們是我生命的全部
經過很長的思考後，我發誓：我必須保護這些脆弱的生命。我將
拋棄自己的生命，我將為你們而死。

母親癱倒在舞台中央，聚光燈柱下，妹妹過來幫母親梳理頭髮，兩
人說著說著……；突而發現身體被隱形的繩子給纏繞、拘束、綑綁、
封鎖……他們想掙脫，但發現愈來愈難，兩人勉力撐起彼此的身體，
一起望出一道視線。

母親：這是泰壹的日記，他說：「生命是一場戲劇。」
妹妹：所以，讓我們盡我們的所能，不要在一場糟糕的戲劇裡演
　　　出，而是要扮演一個不違背自己良心的角色，也就是說，
　　　為了人民而鬥爭。
母親：並且，他憎恨自己的幻想，以及他自己的無力的表達方式。
妹妹：就這樣，人們設計繩索，捆綁自己，同時也摧毀了人類本
　　　質的希望。
母親：他在思考。誰是理想的人選，誰是和平與幸福過程中的典
　　　範？成為人們追求的真正目標。
妹妹：他在思考，人們在朝著錯誤的方向前進。
母親：他，決定用他的身體和一本只剩空殼的《勞動法》一起燃
　　　燒。
妹妹：媽！你回憶起他生命中的孤獨！像那片火焰……。
母親：噓！不要驚醒了他的靈魂；讓他自由吧！
妹妹：他還說了甚麼？
母親：他朗讀自己的日記，像詩行一般的日記。
妹妹：歐……

母親和妹妹轉過眼神，看著房間的一角；全泰壹與他的靈魂，交疊
著身體，困頓中掙扎出勞動的牢籠。母親和妹妹木馬腳繞場。全泰
壹朗讀最後的日記：母親與妹妹跟著覆誦，像回聲一樣

泰壹＋母親與妹妹覆誦：我就像三叉路口的指標
沒有誰與我作伴。無論是風還是雪，我必須毫不猶豫地接受這一
切。（摘自全泰壹的日記，1969 年 9 月）

此時，全泰壹與靈魂，以風格化的舞踏風與枯枝身體相互對視、握手、擁抱。靈魂安慰泰壹。最後，全泰壹和靈魂用風的身體撐起妹妹。大家聚集在一起，成為一棵樹。然而，泰壹很快就被暴風吹走了。母親（抓住一棵樹以免飛走）伸出手欲救兒子並朗讀。妹妹隨媽媽一起朗讀。全泰壹正努力戰勝暴風。（全泰壹的遺囑）

母親＋妹妹朗讀：耐心等待吧，只要再等待片刻為了不離開你們，我將犧牲自己你們是我心靈的家園

母親＋妹妹朗讀：今天是星期六，八月的第二個星期六。這一天，我下定了決心。上帝，我誠心請求您，施捨我憐憫與慈悲。

全泰壹自焚影像。音樂：大提琴演奏

第二章　告別女兒

Hasta La Victoria Siempre 音樂聲響起。

投影．格瓦拉躺在受難石床上的影像（旁有軍官與美國 CIA 情報員）；妻子、女兒、格瓦拉與靈魂，各自手持一朵不一樣顏色的花，緩緩安靜走進來，環繞一陣後，將花放在影像前。同時，切．格瓦拉和靈魂的演出「就像一具站立的屍體的切．格瓦拉」。妻子和女兒走近看屍體。切．格瓦拉半睜著眼睛和站立的身影如戰士，倒下的身影如屍體。靈魂支撐著切．格瓦拉，艱難地持續此動作。

女兒：圍繞著這張照片的有三種人，
妻子：原來妳是知道的。
女兒：世界的弱者、劊子手與犧牲者。
妻子：他們都是參與這場復活儀式的人！
女兒：當這個世界失去一個執著的、神話般的顛覆者的時候，我失去的是一個陌生的父親。
妻子：你忘記了嗎？在你還被他抱在懷裡的年紀，他曾寫了一封信給你。
女兒：啊……是的，那溫度我至今都還感覺得到，還有那封告別的信……

四人由格瓦拉死亡圖像轉為花朵，格瓦拉開距離，其他人逐一跟

上,做家庭圖像,格瓦拉朗讀信件,女兒會同步譯成中文。靈魂拉出距離,做盛開花朵,女兒跟上,妻子與切告別。

格瓦拉:我今天給你寫這封信,你卻要很久以後才可以收到,但我希望你知道我在惦記著你。我想,你可以永遠為你的父親感到驕傲,就如我為你感到驕傲一樣。

女兒:我今天給你寫這封信,你卻要很久以後才可以收到,但我希望你知道我在惦記著你。我想,你可以永遠為你的父親感到驕傲,就如我為你感到驕傲一樣。

格瓦拉:我將走入叢林,和窮困與飢餓為伍,我們只有當下,沒有明天的計畫,這是游擊戰,預知著每一個自身的死亡。

格瓦拉背著一個綠色包包,從暗處進來,像似一個疲憊的游擊隊戰士,顛簸著身體。靈魂幫他放下包包,女兒與妻子靠近過來,格瓦拉行走、疲累、跌倒,不斷反覆。靈魂從格瓦拉的綠色包包裡一次取出一件物品,然後把它們一一放在舞台上的某個地方。妻子和女兒一邊確認靈魂丟下的每件物品,一邊說。這四項物件在地上形成一條蜿蜒的山路。

女兒:多年以前,我的父親切格瓦拉在玻利維亞革命行動遇難時,被軍政府奪取了這只綠色包包⋯⋯。

妻子:手錶。

女兒:代表時間的證物。

妻子:日記。

女兒:爸爸活著的每一天的證據。

妻子:手抄詩。

女兒:是戰鬥,是焦慮也是慰藉。

靈魂拿起相機,用鏡頭端看各角落。

格瓦拉:沒想到,這竟然是我預知死亡的影像紀錄

靈魂將一只相機擺置在地上,投影切的農民照片。前者疲憊,後者跳舞般鼓舞前者,靈魂用雨傘擋住了切‧格瓦拉的去路。

格瓦拉,繼續前進;女兒與妻子在閱讀他們從包包中取出的一本手

抄詩冊。格瓦拉與靈魂沿著蜿蜒的山路,很小心地顛簸前行。女兒移位到邊角,母親隨後跟上。

靈魂:你為何要前進?
格瓦拉:你又為何要阻擋?
靈魂:我是你,你也是我……這樣你還要去嗎?
格瓦拉:貧窮農民的所在……
靈魂:死亡呢?
格瓦拉:農民會因我的死亡而覺醒!

靈魂和格瓦拉繼續移動。

女兒:四位重要詩人的69首詩;密密麻麻的字跡抄寫在一本筆記本上,用以減輕背包的重量。
妻子:詩,承載了他的生與死,以及最後的訣別。
女兒:怎麼說?
妻子:他引用聶魯達的詩「道別」。
女兒:在妳的深處,跪著一個悲傷的小孩,如我一般,望著我們。
妻子:切在決定到玻利維亞打這場游擊戰爭之前,留了一卷他朗讀聶魯達二十首情詩的錄音帶。
女兒:悲傷的小孩,跪著……。父親像似在對與我們永遠的離別,表達愧歉!

妻子朗誦詩:
我要離開了　我悲傷:而我總是悲傷　我來自你雙臂

1967年10月8日,距離他受傷被捕,與死亡面對面,只有短短一天時間……牆上出現格瓦拉被捕後的一張照片;
靈魂做出舞踏般垂死的身體,最後,閉眼象徵死亡,卻又在下一刻,象徵的活過來。看著活著時,最後的自己。
此時,格瓦拉走進投影牆上在另一側,被捕後垂死般蹲下,投影收,此時他一隻腿已然受傷;女兒扮演原住民女教師胡莉亞走進來。她帶著一張黑板,上面寫有字跡。她放下黑板。
教室裡的小黑板上寫著 Hasta La Victoria Siemper 的字眼

胡莉亞進教室注意到格瓦拉的視線

胡莉亞：我來拿東西。
格瓦拉：你在這裡教書嗎？
胡莉亞：是。

胡莉亞拿取黑板時，格瓦拉看到黑板上的西班牙文後，問女孩。

格瓦拉：這行西班牙文是你寫的嗎？
胡莉亞：（害羞貌）是。
格瓦拉：你這行字裡最後一字拼錯了……
胡莉亞：噢！謝謝你。你很痛嗎？
格瓦拉：（手壓著中彈的腿部）是的。
胡莉亞：我可以為你做些什麼嗎？
格瓦拉：如果，我活下去，會盡一切生命給你和孩子蓋一座學校。因為，你們現在什麼都沒有。
胡莉亞：那麼你需要什麼呢？
格瓦拉：你讓我想起我的女兒……

胡莉亞沉默。

胡莉亞：你想對你女兒說什麼嗎？
格瓦拉：我想起聶魯達在〈絕望之歌〉中的兩行詩，我朗誦給你聽：

在狂瀾中你依然燦爛且歌唱
儼然站在船頭的水手

胡莉亞：我急忙本能地跑回家，要端一碗我媽媽煮的玉米給他吃……而後槍聲響起。

Black out

妻子：切……

提琴轉換場景

黑暗中，格瓦拉朗誦聶魯達的《輓歌》後，投影詩行，燈光再進來。

格瓦拉（誦詩）：忍受煎熬並埋葬自己，彷彿失去光彩枯根之死
在這冷酷無情的暗夜 我將深入大地

當燈光亮起時，切‧格瓦拉獨自在台上站著，隨燈光亮起三個人做

最後的跳舞。靈魂將散落的物品重新放進綠色包包裡。

格瓦拉影像。黑暗。燈亮了。四人成為旅人。身體行動：四人在空間虛擬軌道上快速前進或後退。

旅人A：告別？誰向誰告別？

旅人B：沒有告別。

旅人C：他們在哪裡？

旅人D：在他們來的地方？

旅人B：他們未曾向我們告別。

旅人C：他們向時間告別。

旅人D：和時間告別

旅人A：他們沒有和家人告別嗎？

旅人B：這時間是怎麼一回事？怎麼一不留神，就盜走了他們留在孤燈下的記憶？

轉換場景

第三章　清溪川日記

四人木馬腳狀態進場，從四個角落進場。妹妹在左後舞台側角定位，講述一件事情。母親去右前舞台坐下。靈魂去取台上後方的傘，格瓦拉靠近母親。

妹妹以儀式性的身體，象徵一朵逐漸枯萎卻又再次綻放的花，開展一段獨白。

妹妹：我的哥哥過著極度痛苦和疲乏的生活；但是，他畢竟只有22歲。一想到自己的母親，數天內，將會遭遇可怕的事情，他的心要碎了。到時候，母親將會是怎樣的驚恐和震驚啊！他想著；為了減輕母親的震驚，泰壹開始告訴母親一些他通常不會說的話。

全泰壹與母親告別。妹妹走向前來，端一只碗給母親，靈魂舉傘，傘下掛著一小袋米，靈魂將米帶給母親。母親坐下，將米撒在碗上，端給泰壹。這過程兩人對話，全泰壹向母親訴說心願並對話，全泰

壹與舉傘的靈魂離開，母親送別，女兒也跟上，全泰壹與靈魂，轉換枯枝狀態，繞場前行。

全泰壹：工廠像要發生一些重大的事了。
母親：你為什麼一定要參與其中呢？你就一點也沒有為你可憐的媽媽著想嗎？
泰壹：總之，我做不到置身事外，我必須要參與其中。也許在11月13日過後，您可能就會有很長一段時間難以見上兒子一面了……
母親：你在說什麼呀？你會被捕嗎？或者你會死去嗎？
泰壹：不會的，媽媽。萬一事態擴大後，情勢對我不利的話，當局或許會設法抓我，到時我可能得逃走
母親：我不敢相信會從你口中聽到這些話。
泰壹：如果發生了那樣的事情，你會接替我的角色，從事勞工運動嗎？

妹妹攀上靈魂的肩膀，和全泰壹說話。泰壹低頭看著自己的碗。或許，他是在試圖掩藏自己的淚水？母親背過身去，像似在找尋失去的身影。

妹妹：哥哥，你能給我一些錢嗎？我15號前要交學費。
泰壹：對不起，順玉。再給我幾天時間，工資就快發了。還有啊我跟你說，那怕我們生活再艱難，你也不要因為錢的事去煩媽媽。

工廠內沒有陽光。靈魂望著空間中唯一的一線光，漸漸像萎弱下去的枯枝。空氣中，遭受著厚重的灰塵的折磨。全泰壹繁重的勞動、睡眠不足、灰塵重的痛苦是通過身體表達出來的。
母親進來，找尋泰壹。女兒轉化為被封住喉頭無法發聲的裁縫廠的女工，患有肺部疾病並吐血在手巾上。影子化身全泰壹的背影在角落蹲踞，試著逆風飛翔。泰壹為他歌唱一首韓國民謠。
全泰壹在場上，用身體書寫自己的日記。妹妹與母親跟著泰壹的身體較緩和地進行閱讀與身體行動（或撿拾前面的遺書碎片），靈魂拉下新的紙捲分別朗讀他的：清溪川日記：

妹妹：「我痛恨這樣一個人們已經成為商品的時代。在這樣的時

代裡，一個人的個性與基本的需求，成為第二位的東西，人們的希望之樹已經被砍伐；我痛恨這樣的人，為了求得生存而貶抑自己，成為一種商品。」

母親：在你無視一個靈魂的吶喊之前，你是否檢視（直面／省思）過你自己內心的醜惡？

靈魂在枯枝的身體下，漸變身，燃燒著身體如灰燼般飛翔的火焰，透過紙捲，看見靈魂燃燒的剪影，泰壹在一側目睹。

泰壹：1969年12月13日的日記。為了不在來年還過著這樣的生活，我將堅決鬥爭。歷史將是我的見證人

黑暗中，燃燒的靈魂漸次安靜下來，領著手持燭火的妹妹與母親在找尋暗黑中的出口，全泰壹點亮一盞油燈。

母親：兒子，我們找你呀！
全泰壹：你們找到出口了嗎？
妹妹：我們跟著你的靈魂，就要找到出口了！
全泰壹：太好了！你們要跟我來

接下來，三人在暗黑中，跟著靈魂飛翔。妹妹停下來，問哥哥。全泰壹回首看著妹妹，繼續用身體寫日記，母親與靈魂跟上，用不同的身體寫日記。

妹妹：你在日記裡說：「或許，這有些殘酷。但只要你能夠在我生命的最後歷程，哪怕是暫時陪伴我，我疲憊的心靈或許就會馬上恢復活力。我將走在前面；你會追隨在我的後面嗎？」──摘自全泰壹的日記，1969年9月
母親：兒子，你說的出口呢？

全泰壹關掉這盞油燈；在黑暗中劃下一根火柴，象徵地將汽油澆在自己的身上。

母親：泰壹，你不能這樣……。
全泰壹：不要被我的樣子嚇壞了；必須有人犧牲。

燈暗，黑暗中燃起了火柴。
黑暗中火柴漸漸熄滅，燈漸亮，全泰壹跳起了韓國傳統舞蹈，其他

三人面無表情安靜地凝視。
影像：詩行投影

我親愛的朋友們，請讀讀這封信吧。
我的朋友們，所有那些懂得我朋友們，
以及那些不懂得我的朋友們。

我有一個請求，
朋友們，不要忘記我。
因為這一刻，我與你同在。
請在你珍貴的記憶中，珍藏這一刻吧。
即使是電閃雷鳴捶打著這一虛弱的身體；
即使是天崩地裂壓在我的身上；
珍藏在你們寶貴記憶中的我，將不會害怕。
但是，一旦我害怕了，我將永遠地捨棄自己；
你知道，我是你神聖的一部分，與你形影不離。

對不起，請原諒我吧。
你知道的，我是你們整體的一部分。
我曾經用盡全力，推動著那塊巨石，
現在，我將剩下的任務交給了你們。

我要離去，休息一會兒。
我要到另一個世界裡去。

我希望，在那裡沒有人會受到有錢人的權勢的威脅，
或者，沒有人會受到強權力量的踩躪。

請將那塊巨石推到終點吧，
因為我並沒有在這個世界上完成這一任務。
只要可能，我將不斷推動這塊巨石，直到終點。
哪怕這意味著自己被放逐到另一個世界。

最後，四人化做歌隊。輪流說了全泰壹的最後一句遺言：不要讓我白白死去。
全泰壹自焚影像
間奏

第四章　玻利維亞日記

舞台中央擺置一張小椅子，是中央支點，形成一座時鐘的意象；角色以分秒形象移動。

格瓦拉：找甚麼？

靈魂：你生前的日記……。

女兒：穿越一座座叢林，時間回到1967，玻利維亞荒山裡一無所有的村庄，你垂死……。

妻子：穿越一座座叢林；我們都沒找到……

女兒：遺失在大地上的預知死亡詩篇：玻利維亞日記。

詢問後，敘事。靈魂看著那只落在一旁的綠色包包，三人圍聚過來，女兒撿起一本日記。

【影像】格瓦拉抵達玻利維亞，當天場景。

【影像】1966年11月7日 今天，一個新的歷史時期將從今天開始……（玻利維亞日記）

四人，形成歌隊。到達叢林，靈魂的身體呈現滑落又站起的狀態。格瓦拉往前不由自主意願的移動身體—走路。

空氣中傳來妻子與女兒的朗讀聲：玻利維亞日記。從女兒和妻子的角度看切．格瓦拉的日記。兩人一邊閱讀日記，一邊模擬日記中記載的狀態展開身體行動。

女兒：1967年1月十一點左右，我們來到小溪邊，開闢了一條小路，並用枯枝雜草偽裝起來……小溪中間有一段斷流了，隨後，溪水又一路向前，沿著兩岸堅硬的岩石陡坡流過……食物已經非常有限了。

女兒：他們在山洞裡繪製地圖。

妻子：無線電收報系統受潮生鏽了。他們身上往往黏著蒼蠅的蛹……有些噁心

女兒：數落戰士犯下的錯。對方情緒波動，應該找對方談談。

妻子：1967年8月

妻子：老馬今天死了，現在只剩下一隻能馱運東西的馬。我的氣喘不見好轉，藥卻快要吃完了。明天我要做出決定，是否

要回基地去拿我的氣喘藥。

女兒：從來到這裡算起，游擊武裝隊成立已經整整九個月了。最早來的六個人當中，一人失蹤，兩人犧牲，兩人受傷；我則被氣喘折磨，不知何時能痊癒。

妻子與女兒回到寫實的對話，靈魂與格瓦拉相互扶持再重複倒下。

妻子：難以理解。
女兒：甚麼事？
妻子：部下說要回基地替格瓦拉拿藥，他堅持不准，還發了脾氣。
女兒：他說：「我不可能讓我的受苦，要別人去替我冒險。」他繼續在叢林中艱苦前行。

格瓦拉坐在中間，敘事，綠色包包在身邊，妻女在一旁。靈魂做身體意象

格瓦拉：日記繼續寫下去。
格瓦拉：我來到一個有六個小孩的農民家裡，他熱情招待，還提供了很多信息；第二次碰面時，隊員印地向農夫表明他是游擊隊領袖，我們在他家享用了玉米和豬肉。

格瓦拉從綠色背包裡，取出一只相機，攝影。妻子與女兒站立，面對鏡頭。一按下快門，即投影照片。

【影像】：格瓦拉抱著羅哈斯兩小孩的照片。靈魂緩緩爬行，躲避槍林彈雨。

妻子：你知道嗎？那個宰了豬，請格瓦拉和游擊隊的農民叫：羅哈斯。就是他。
女兒：他是出賣者，游擊隊過河時……樹叢裡，他，躲在政府軍的機槍旁邊……。
格瓦拉：風和雨，急驟的溪流，酷陽下，無法攀越的懸崖峭壁。
女兒：一切像是無從回頭的一條路。

乾渴，切與女兒一組移動，靈魂與妻子一組在原地動作。空氣中傳來格瓦拉的朗讀聲，這同時，他不斷換位置，像在叢林中警戒著。女兒像迴音一樣，複誦格瓦拉朗誦《玻利維亞日記》。

格瓦拉＋女兒：1967年10月。沒有發現一點水。傍晚時分，我們又上路了，缺水，大家渾身不帶勁。

格瓦拉＋女兒：智利一家電台報導一則可怕的消息：一千八百個政府軍正在附近圍剿我們。

格瓦拉＋女兒：今天是游擊隊建立十一個月的紀念日，一上午輕鬆悠閒，如同享受田園生活般，沒有出現甚麼麻煩事。一位老太太趕著山羊進入我們駐紮的山谷。為我們指出幾條小徑……。月亮在夜空中緩緩穿行，十七人趁著夜色出發；行軍勞累，山谷跋涉，留下不少痕跡……。

女兒從切的背上下來，靈魂與切找到水喝，妻子與女兒乾渴，最後倒下，爬起身來說。

妻子：這是最後的日記。
女兒：這段文字一點都不像英雄史詩的尾聲，反而像似序幕……
妻子：他像是預感著甚麼……。
女兒：又像是想以輕鬆來帶過心中的不安預感

四人形成切格瓦拉死後的照片畫面。格瓦拉與靈魂相互凝視，移動。靈魂躺下，妻子扶助屍身，女兒站立一旁，持朵鮮花。格瓦拉跳一段韓國的傳統招魂舞蹈，其他人共同舞蹈

影像：格瓦拉躺在石板床上照片。投影詩行

這裡，只剩一塊石板床

用來擺置一個革命者的身軀
然而，他的魂未曾逝去
因為這是刑場，殘酷的風
散亂而頓失方位的雲
以及，多少淌落心中的雨
恰如血水在泥濘的殺戮中
沖刷世上貪婪者的罪衍
他們終將發現：一切的一切
並未如預期所願
世界另一邊廣大的範圍中

在飢餓、荒涼、戰亂、離散中失所的人們
全都圍繞過來，在未來的時間中
參加了一場革命者的彌撒

影像：格瓦拉騎摩托車
音樂
暗場

終章　回家的路上

漆黑之中。一片沉寂。出現微弱的光芒。隱隱傳來不安的提琴聲響。
身體行動：四個旅人在各自的軌道上，緩慢的前進或後退

旅人A問：往哪裡去？
旅人B：告別的旅程。
旅人C：朝向哪裡？
旅人D：到南方去。

旅人A：世界會再開始嗎？
旅人B：世界，何時再開始呢？
旅人C：世界，已到達盡頭嗎？

燈光逐漸轉暗，最後一片漆黑。
燈光微微變亮……

詩人：所以他們就死了嗎？ 所以他們是什麼？ 所以他們什麼都
　　　不是嗎？所以他們現在不在這裡嗎？
燈光：微微變亮

四名旅行者一動不動地站著，保持試圖撿起石頭扔出去的姿勢。
一點動靜都沒有。像人體模型一樣。
燈光逐漸轉暗，音樂表現著混沌意象。襯著一片漆黑。

落幕